妖怪《ようかい》ハンター・ヒカル

決戦《けっせん》！ 妖怪島《ようかいとう》

斉藤 洋・作　大沢幸子・絵

もくじ

ヒカルが前回《ぜんかい》ゲットした妖怪《ようかい》たち

さくら姫《ひめ》

いつでもどこでもさくらの花をさかせる妖怪《ようかい》。美しいものがすき。

河童《かっぱ》

すもうをとることと、おすしのかっぱまきがすきな妖怪《ようかい》。でもほんとうにすきなのは、人間《にんげん》のおしりのあなを食べること。

かんたんに自己紹介《じこしょうかい》

ぼくは芦屋《あしや》光《ひかる》。少年陰陽師《おんみょうじ》だ。

とつぜんだけど、うちには白い猫《ねこ》がいる。名まえは黄金白銀丸《こがねしろがねまる》。猫《ねこ》といえば、ふつうはタマとかミーコとか、そうでなかったら、チャーミーとか、そういう名まえが多いんじゃないかと思うけれど、うちにいる白猫《しろねこ》は黄金白銀丸《こがねしろがねまる》という。もちろん、ぼくがつけた名まえじゃない。ぼくが生まれるずっとまえから、はっきりいうと平《へい》安時代《あんじだい》から、黄金白銀丸《こがねしろがねまる》は黄金白銀丸《こがねしろがねまる》なのだ。

黄金白銀丸《こがねしろがねまる》は、左目が金色で、右目が銀色だ。それで、黄金白銀丸《こがねしろがねまる》というのだ。でも、長ったらしいから、ぼくはシロガネ丸《まる》とよんでいる。

シロガネ丸《まる》は、ぼくのうちにくるまえは、東神鉄道《とうじんてつどう》グループ会長の波倉四郎《なみくらしろう》というおじいさんのやしきにいた。東神鉄道《とうじんてつどう》グループの中には、〈トウキョウ・オールディーズランド〉というテーマパークがあるけれど、数あるそこのアトラクションのうち、〈夕ぐれの西洋《せいよう》やしき〉だけは、じつは電気じかけではない。ほんものの幽霊《ゆうれい》やしきなのだ。幽霊《ゆうれい》やしきといっても、幽霊《ゆうれい》が住《す》んでいるやしきではなく、やしきそのものが幽霊《ゆうれい》なのだ。

そこで波倉《なみくら》会長は、せっかくそういう幽霊《ゆうれい》やしきがあるのだから、〈トウキョウ・オールディーズランド〉とはべつに、ほんものの妖怪《ようかい》や幽霊《ゆうれい》だけをあつめた新しいテーマパーク、〈瀬戸内妖怪島《せとうちようかいとう》〉をつくろうと思った。そのために、やとわれたのがぼくで、シロガネ丸《まる》はぼくの式神《しきがみ》として、うちにきている。ついでにいっておくと、式神《しきがみ》というのは陰陽師《おんみょうじ》の助手《じょしゅ》だ。シロガネ丸《まる》はふだんから、からだも態度《たいど》も大きいけれど、ときどき、からだがトラくらいの大きさになる。

〈瀬戸内妖怪島《せとうちようかいとう》〉は瀬戸内海《せとないかい》にあって、すでに妖怪《ようかい》や幽霊《ゆうれい》が十あつまっている。その中には幽霊千《ゆうれいせん》石船《ごくぶね》もいて、本州《ほんしゅう》や四国《しこく》からお客《きゃく》さんを瀬戸内妖怪島《せとうちようかいとう》にはこぶことになっている。

それはともかく、ぼくの先祖《せんぞ》は、平安時代《へいあんじだい》のゆうめいな陰陽師《おんみょうじ》、蘆屋道満《あしやどうまん》……らしい。その蘆屋道《あしやどう》満《まん》の式神《しきがみ》だったのがシロガネ丸《まる》な

のだ。だから、シロガネ丸《まる》はもう千年以上《いじょう》生きていることになる。

ところで、ぼくのうちには〈封怪函《ふうかいかん》〉という鉄《てつ》の小箱《こばこ》がつたわっていて、これには妖怪《ようかい》をとじこめる力がある。ぼくはまだぜんぜん一人前の陰陽師《おんみょうじ》じゃないけれど、それでも、少しは術《じゅつ》を使《つか》える。それは火を使《つか》う術《じゅつ》で、〈燕火放炎《えんかほうえん》〉という基本《きほん》わざを中心にして、いくつかのバリエーションがある。また、術《じゅつ》を使《つか》おうと思ってなくても、暗《くら》くなると、しぜんにぼくのまわりに火の玉がとんでしまうなんていうこともある。

それからぼくは、生まれてから今までに、寒《さむ》いと感《かん》じたのは、雪女《ゆきおんな》と戦《たたか》ったときの一度《ど》だけだ。どうやら、ぼくは寒《さむ》さを感《かん》じにくい体質《たいしつ》らしい。

決戦《けっせん》！妖怪島《ようかいとう》

一 パレードとお城《しろ》の上の練習《れんしゅう》

トウキョウ・オールディーズランドの夜のパレードは、ランド内をぐるりとまわるおよそ一キロのコースを三十分かけて一周《しゅう》する。

トウキョウ・オールディーズランドのコンセプトは〈明治時代《めいじじだい》〉だから、パレードもそれにふさわしいものになっている。先頭は、明治時代《めいじじだい》の軍楽隊《ぐんがくたい》の制服《せいふく》をきた三十人編成《へんせい》のマーチングバンドだ。つぎは馬車。といっても、馬はほんものではなく、電気じかけで、四本の足は前後に動《うご》きはするけれども、じっさいにはひづめの下についている車輪《しゃりん》がまわっている。

馬車のうしろに、すその長いドレスをきた女の人たちのダンス・パレード。

そのうしろが新橋品川間《しんばししながわ》をはじめて走った列車《れっしゃ》。といっても、これも電気で動《うご》く。線路《せんろ》もない。鉄《てつ》の車輪《しゃりん》のふりをしたタイヤがついているのだ。蒸気機《じょうきき》関車《かんしゃ》も客車《きゃくしゃ》も、イルミネーションいっぱいで、きらきら光りながら、通っていく。そのうしろには外輪船《がいりんせん》。それからそのうしろは……、というふうに、明治時代風《めいじじだいふう》の乗《の》り物《もの》に、これまた明治時代風《めいじじだいふう》の衣装《いしょう》をきた男女が乗《の》りこみ、歌い、おどりながら、パレードをしていく。

　そのパレードの中ほどに、明治時代《めいじじだい》とは直接関係《ちょくせつかんけい》のない三人がまじっている。百目《ひゃくめ》、河童《かっぱ》、さとりの三人の妖怪《ようかい》だ。もちろん、ほんものではない。正体はきぐるみをきた人間だ。さとりがもっているプラカードには、〈瀬戸内《せとうち》妖怪島《ようかいとう》まもなく島びらき！〉というイルミネーションの文字が光っている。三人のまん中には瀬戸内妖怪島《せとうちようかいとう》の形をした電動《でんどう》カートがゆっくりと走っている。さとりのプラカードはそのカートとコードでつながっている。イルミ

ネーションの電気はカートからとっているのだ。

春休みがおわったら、〈夕ぐれの西洋《せいよう》やしき〉を瀬戸内妖怪島《せとうちようかいとう》にうつし、秋には、瀬戸内妖怪島《せとうちようかいとう》の島びらきがおこなわれる予定《よてい》だ。三人の妖怪《ようかい》はそのコマーシャルをしているのだ。

三人の妖怪《ようかい》たちが通りすぎたとき、いちばんまえで見ていたぼくはしゃがみこみ、足もとのシロガネ丸《まる》にいった。

「やっぱり、ほんもののほうが迫力《はくりょく》あるね。百目《ひゃくめ》なんか、じっさいの半分くらいの大きさしかないじゃないか。」

シロガネ丸《まる》はうなずいた。

「そうだな。ところで、おまえ、パレードがおわったら、花火があがるの知ってるだろ。おれに、ちょっとした考えがあるんだけどな。」

「なに、ちょっとした考えって？」

「新しい術《じゅつ》の研究開発《けんきゅうかいはつ》さ。このあいだ、気づいたことがあるんだ。それをためしてみようと思う。うまくいったら、燕火放炎《えんかほうえん》のバリエーションがふえるぞ。それをためせる場所《ばしょ》にいこう。」

　シロガネ丸《まる》はそういうと、見物客《けんぶつきゃく》の足をぬうようにして、人ごみから出ていった。

　ぼくは、トウキョウ・オールディーズランドのスタッフ証《しょう》を首からさげていたから、どこにでもいけた。トウキョウ・オールディーズランドの中心は江戸城《えどじょう》本丸で、もちろんほんものよりはだいぶ小さいし、二階《かい》から上には、お客《きゃく》さんは入れない。ぼくたちは、エレベーターで屋上《おくじょう》にいった。なにしろお城《しろ》だし、下から見ると、屋上《おくじょう》があるようには見えないけれど、屋根《やね》の上がたいらになっていて、さくがついている。

　見おろすと、下ではまだパレードがつづいている。

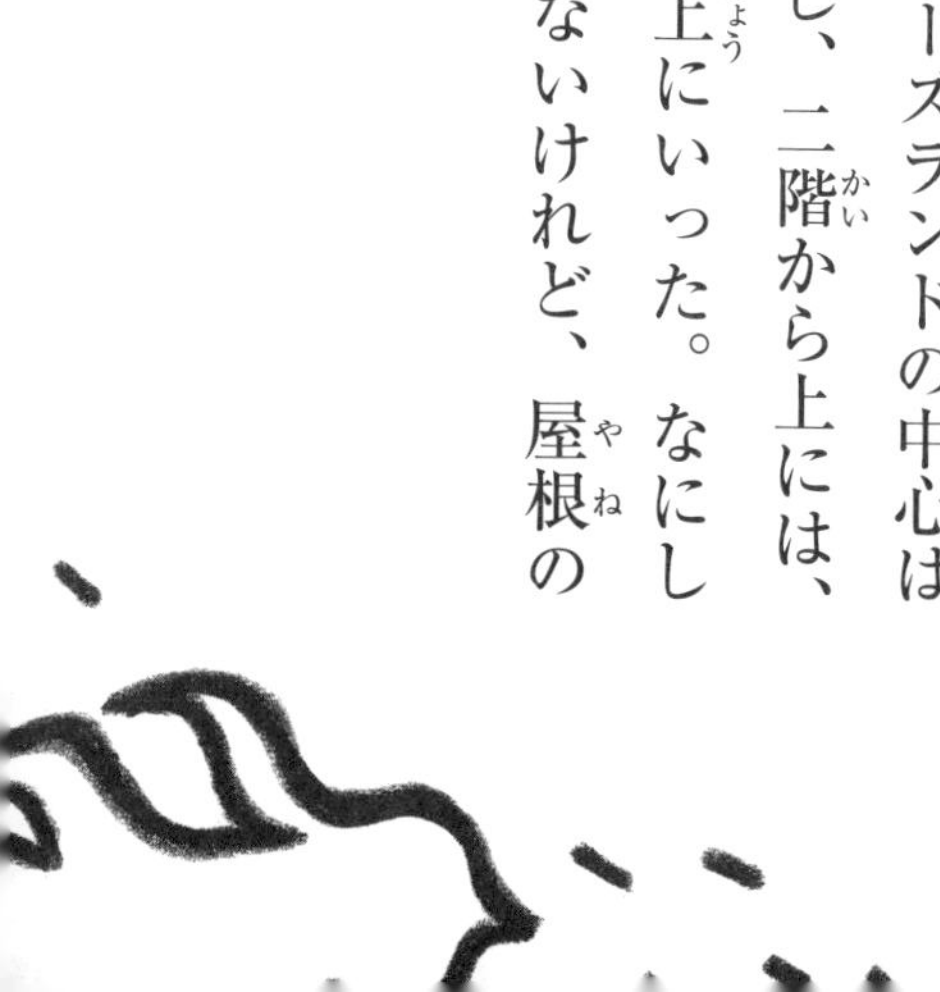

ところで、ぼくの〈燕火放炎《えんかほうえん》〉という術《じゅつ》は、まず手をあげ、

「燕火放炎具有直波《えんかほうえんぐうちょくぱ》！」

とかけ声をかけ、その手をふりおろしながら、てのひらを連続《れんぞく》して、グー、チョキ、パーの形にすると、大きさも形もツバメににてる火の玉がまっすぐにとんでいくというものだ。このとき、かけ声をかえて、

「燕火放炎具有右曲波《えんかほうえんぐううきょくぱ》！」

といえば、火の玉は右にまがり、

「燕火放炎具有左曲波《えんかほうえんぐうさきょくぱ》！」

なら左、

「燕火放炎具有乱曲波《えんかほうえんぐうらんきょくぱ》！」

だと、火の玉がめちゃくちゃにまがっていく。

それから、

「燕火旋炎《えんかせんえん》！」

とさけんで、てのひらをグー、チョキ、パーにすると、手から出て炎《ほのお》が長くなり、ぼくのまわりでうずをまく。これが今のところ、いちばんすごい術《じゅつ》だ。ぼくがさくにつかまって、パレードを見おろしていると、シロガネ丸《まる》がいった。

「おまえの燕《えん》火《か》放《ほう》炎《えん》だけどな、エンカのエンの字を〈燕《つばめ》〉から、〈遠い〉っていう字の〈遠〉にかえて、心の中で、〈遠〉を念《ねん》じながら、やってみろよ。花火がはじまったら、花火にむかってやるんだ。」

「わかった。〈燕《つばめ》〉を遠足の〈遠〉にかえていえばいいんだね。そうしたら、遠くまで火の玉がとぶかな。」

ぼくはそういいながら、ウォーミングアップにてのひらをグー、チョキ、パーの形にした。

「うまくいくかいかないか、それはやってみなければわからないが、もしうまくいったら、こんどは、やはり〈遠い〉っていう字で、〈遠《えん》火《か》旋《せん》炎《えん》〉って

いうのもやってみようぜ。」

と、そうシロガネ丸《まる》がいったとき、ちょうどパレードがおわり、花火がヒュルルル……とあがった。

大きな赤い輪《わ》が空にひろがったところで、ぼくはその輪《わ》にむかって、ボールをなげるかっこうをし、まず、

「燕《えん》火《か》放《ほう》炎《えん》具《ぐ》有《う》直《ちょく》波《ぱ》！」

とさけんで、てのひらをグー、チョキ、パーにした。

ツバメの形をした炎《ほのお》がまっすぐにとんでいったが、花火まではぜんぜんとどかなかった。

つぎに花火があがったとき、ぼくは〈燕《えん》〉を遠いの〈遠〉にかえた。

「遠《えん》火《か》放《ほう》炎《えん》具《ぐ》有《う》直《ちょく》波《ぱ》！」

するとどうだろう！　連続《れんぞく》してグー、チョキ、パー

にしたぼくのてのひらからは、なんと……、なんにも出なかった！　……と思ったら、ちょうど花火がひとつ消《き》えて暗《くら》くなった空に、ぽつんと火の玉があらわれた。

「やったーっ！　成功《せいこう》だ！」

シロガネ丸《まる》はよろこんだが、ぼくはあまりうれしくなかった。たしかに、遠いところに火の玉があらわれはしたが、それはあまりにも小さかった。

「だけど、あまりぱっとしないなあ。火が小さいよ。」

ぼくがそういうと、シロガネ丸《まる》は、

「いや、遠いから小さく見えるだけだ。気にくわないなら、こんどは、〈大きい〉っていう字の〈大〉を〈遠〉のあとにつけて、〈遠《えん》大《だい》火《か》放《ほう》炎《えん》〉にしてみたらどうだ。」

というので、つぎの花火に合わせて、

「遠大火放炎具有直波《えんだいかほうえんぐうちょくぱ》！」

とやってみたら、遠い空にあらわれた火の玉はいくらか大きくなった。

それを見て、シロガネ丸《まる》はうなずいた。

「なかなかじゃないか。あとは練習《れんしゅう》しだいだ。じゃあ、こんどは、〈旋炎《せんえん》〉をやろう。はじめから、〈大〉をつけて、〈遠大火旋炎《えんだいかせんえん》〉にしてみたらどうだ。」

ぼくはいわれたとおり、

「遠大火旋炎《えんだいかせんえん》！」

とさけび、てのひらをグー、チョキ、パーにし、まるで空にむかってじゃんけんをしているようなかっこうをした。

ちょうど花火があがったところだった。

ヒュルルルル……。

青い輪《わ》がひろがり、それが赤くなった。そして、そのとき、赤い輪《わ》のとなりに、オレンジ色の火があらわれ、ぐるぐるとまわって、空に舞《ま》った。

「やったーっ！」

こんどはぼくも声をあげずにはいられなかった。

それは花火の輪《わ》ほどは大きくなかったけれど、その三分の一くらいの大きさはあった。

ところが、シロガネ丸《まる》を見ると、ぼくの〈遠《えん》大《だい》火《か》旋《せん》炎《えん》〉とはべつのほうを見あげている。

「なんだよ、ちゃんと見ていてよ。ほら、もう一回やるから。」

ぼくがそういうと、シロガネ丸《まる》は暗《くら》い空の一点を見つめながら、

「だれかが空をおりてくる……。」

とつぶやいたのだった。

二 きずだらけの金剛丸《こんごうまる》と妖怪島《ようかいとう》の事件《じけん》

三学期《がっき》の終業式《しゅうぎょうしき》の日の夜、どうしてぼくがシロガネ丸《まる》といっしょに、トウキョウ・オールディーズランドにきていたかというと、べつにあそびではなくて、しごとだったのだ。午後十時の閉園《へいえん》のあとで、〈夕ぐれの西洋《せいよう》やしき〉と、ひっこしの相談《そうだん》をする予定《よてい》だったのだ。それで、時間がくるまで、シロガネ丸《まる》とぶらぶらしていたというわけだった。

それはともかく、夜空をおりてきたのは妖怪《ようかい》フクロウ金剛丸《こんごうまる》だった。金剛丸《こんごうまる》はもともと兵庫県《ひょうごけん》の六甲山《ろっこうさん》に住《す》んでいたのだが、今では瀬戸内妖怪島《せとうちようかいとう》にひっこしてきている。金剛丸《こんごうまる》は、なにしろ妖怪《ようかい》フクロウだから、ふつうのフクロウのサイズではない。オオワシくらいある。

金剛丸《こんごうまる》は音もたてずにお城《しろ》の屋上《おくじょう》におりてきて、シロガネ丸《まる》の足もとに着《ちゃく》陸《りく》するなり、どさりとたおれこんでしまった。

ぼくは、

「どうしたんだよ、金剛丸《こんごうまる》。」

といいながら、かがみこんで、金剛丸《こんごうまる》をだきおこした。すると、ぬるっとしたなまあたたかいものが手にふれた。見れば、それは血《ち》のようだった。右の翼《つばさ》のつけねにけがをしているのだ。それだけではない。よく見ると、左足や頭のうしろ、そしてせなかにもきずがある。

金剛丸《こんごうまる》は低《ひく》いガラガラ声でいった。

「ヒ、ヒカル……。さ、さがしたぜ……。おまえ、うちにいないから、東京《とうきょう》の空をあちこちとんでさがしたら、このあたりで、あやしい火の玉があがっていたから……。」

「そんなことより、どうしたんだよ。あちこち、けがだらけじゃないか。」

ヒカルが金剛丸《こんごうまる》の顔をのぞきこんで、そういうと、金剛丸《こんごうまる》は息《いき》もたえだえに話しはじめた。

「よ、妖怪島《ようかいとう》が、瀬戸内妖怪島《せとうちようかいとう》が、たいへんなことになっちまって……。妖《よう》怪島《かいとう》の山のてっぺんに、お堂《どう》があるだろ……。きのうの夜おそく、あそこから、ぞくぞくと妖怪《ようかい》が……、妖怪《ようかい》が出てきて、大あばれしたんだ。み、みんな、そいつらに、おそわれて、百目《ひゃくめ》なんか、でこでこにされちゃって……、百の目のうち、八十に眼帯《がんたい》をしなきゃならないくらいだし、河童《かっぱ》は手足の水かきをぼろぼろにされ……、赤目長耳《あかめながみみ》は、両方《りょうほう》の耳をかたむすびにむすばれて、ほどけなくなってる……。さくら姫《ひめ》は行方不明《ゆくえふめい》だし、さくら姫《ひめ》を

さがしにいったさとりもかえってこない……。ふたりのほかは、
な、なんとか、瀬戸内太郎丸《せとうちたろうまる》に乗《の》って、島《しま》から脱出《だっしゅつ》したけれど……。」
そこまでいって、金剛丸《こんごうまる》は目をつぶりそうになった。
瀬戸内太郎丸《せとうちたろうまる》というのは幽霊千石船《ゆうれいせんごくぶね》の名まえだ。
がっくりと首がたおれそうになった金剛丸《こんごうまる》を、シロガネ丸《まる》は、
「ねむるな！」
とどなりつけ、まるい頭にがぶりとかみついた。
「いたたた……。」
と目をあけた金剛丸《こんごうまる》に、シロガネ丸《まる》はいった。
「それで、その、ぞくぞく出てきた妖怪《ようかい》たちって
いうのは、どんなやつらで、数はどれくらいいるんだ。」
金剛丸《こんごうまる》は答《こた》えた。
「ものすごいかみなりがなって、出てきた。手だけの

やつもいれば、足だけのやつ、それから、目や、鼻《はな》や、口だけのやつ、それに、なわみたいにひょろひょろしているやつ、それから、槍《やり》や刀の妖怪《ようかい》、でかいカエルやナメクジ、それから……。」

そこまでいうと、とうとう体力がつきたのか、金剛丸《こんごうまる》は目をとじてしまった。

シロガネ丸《まる》はぼくにいった。

「ヒカル、封怪函《ふうかいかん》に金剛丸《こんごうまる》を入れるんだ！」

どうして金剛丸《こんごうまる》を封怪函《ふうかいかん》に入れるのか、ぼくには理由《りゆう》がわからなかったけれど、ズボンのポケットから封怪函《ふうかいかん》を出し、ふたをあけて、さけんだ。

「封怪函《ふうかいかん》、金剛丸収函《こんごうまるしゅうかん》！」

あっというまに金剛丸《こんごうまる》が小さな封怪函《ふうかいかん》にすいこまれる。

ぼくが封怪函《ふうかいかん》のふたをしめると、シロガネ丸《まる》がいった。

「外に出ているより、封怪函《ふうかいかん》の中にいたほうが、金《こん》剛丸《ごうまる》もらくだろう。なあに、このていどのきずでは、死《し》にはしない。」

ぼくはシロガネ丸《まる》にたずねた。

「だけど、妖怪島《ようかいとう》にあらわれたやつって、いったい何者なんだろう。シロガネ丸《まる》、けんとうがつく?」

「ううむ……。」

と小さくうなってから、シロガネ丸《まる》はいった。

「百鬼夜《ひゃっきや》行《ぎょう》かな……。とにかく、波倉四郎《なみくらしろう》にれんらくして、ヘリを一機《き》、こっちによこしてもらえ。」

ぼくはすぐに携帯《けいたい》電話で波倉《なみくら》会長にれんらくし、事件《じけん》のあらましをつたえた。すると、波倉《なみくら》会長は、ぼくがヘリコプターをたのむまえに、こういった。

「そういうことなら、ヒカル君。すまないが、今すぐ妖怪島《ようかいとう》にとんでくれな

いか。そっちのヘリポートにヘリを一機《き》おくる。きみのお母さんには、わたしから電話をしておこう。わたしの用事《ようじ》で、二、三日、はたらいてもらうといえば、許可《きょか》してくれると思う。」

波倉《なみくら》会長から電話がかかってきたら、母さんはきっと、こういうだろう。

「まあ、わざわざごれんらくいただき、すみません。ヒカルを二、三日ですか？　もちろんかまいません。二、三日どころか、二年でも三年でも、いつまででもどうぞ、どうぞ……。」

シロガネ丸《まる》のあずかり賃《ちん》という名目で、うちの銀行口座《ぎんこうこうざ》に毎月五十万円ふりこまれてきているし、このあいだのバレンタインデーに母さんが三千円のチョコレートに二千円のハンカチをつけて、波倉《なみくら》会長におくったら、ホワイトデーには、波倉《なみくら》会長からブランドもののバッグと、それから、イギリス製《せい》のクッキーひとかんと、タラバガニのかんづめが三ダースおくられてきたからなあ……。

三　妖怪《ようかい》たちの被害《ひがい》と運《うん》がいいとは思えないぼく

トウキョウ・オールディーズランドにヘリコプターがむかえにきた。それに乗《の》って、瀬戸内妖怪島《せとうちようかいとう》の上空《じょうくう》についたのは、もう真夜中《まよなか》だった。あと二日で満月《まんげつ》という月が空にかかっていた。妖怪島《ようかいとう》の港《みなと》のある湾《わん》の外に、ぼうっと青白い光が見えた。

幽霊千石船《ゆうれいせんごくぶね》の瀬戸内太郎丸《せとうちたろうまる》だ！

ヘリコプターの操縦士《そうじゅうし》はほとんど口をきかない人で、ぼくたちを瀬戸内妖《せとうちよう》怪島《かいとう》のヘリポートにおろすと、すぐにかえってしまった。

ヘリポートがまっ暗《くら》になると、ぼくのまわりに、ボッ、ボッ、ボッ……とあかりがともった。暗《くら》いな、とぼくが思うと、しぜんにあらわれる火の玉だ。

ヘリコプターの赤いランプが東の空に消《き》えるのをまって、ぼくはズボンのポケットから封怪函《ふうかいかん》を出した。

「封怪函《ふうかいかん》、金剛丸放函《こんごうまるほうかん》！」

封怪函《ふうかいかん》から、金剛丸《こんごうまる》がとびたち、ぼくの足もとに着地《ちゃくち》した。さっきよりはだいぶ元気になっている。

「金剛丸《こんごうまる》。悪《わる》いけど、湾《わん》の外にいる瀬戸内太郎丸《せとうちたろうまる》までとんでいって、みんなで港《みなと》にもどってくるようにいってくれないか。ちょっと話をききたいんだ。」

ぼくがそういうと、金剛丸《こんごうまる》はお堂《どう》のある山のほうにちらりと目をやってから、

「ヒカル、気をつけろよ。」

といって、音もなくとびたった。

ぼくは波倉《なみくら》会長にたのまれて、妖怪《ようかい》ハンターをしているが、べつに妖怪《ようかい》が大すきというわけではない。それに、ハンターといっても、力づくであいてをねじふせるというよりは、説得《せっとく》にもちこんで妖怪島《ようかいとう》にきてもらうという方《ほう》法《ほう》をとりたいと思っている。けれども、こんどのあいては、妖怪島《ようかいとう》にきてもらうというよりは、もうきているわけで、しかも、ほかの妖怪《ようかい》たちに、らんぼうをはたらいているのだ。これまでとはだいぶようすがちがう。

ぼくとシロガネ丸《まる》がヘリポートから桟橋《さんばし》まで歩いていくと、瀬戸内太郎丸《せとうちたろうまる》がちょうど湾《わん》に入ってくるところだった。

やがて、瀬戸内太郎丸《せとうちたろうまる》が桟橋《さんばし》につき、妖怪《ようかい》たちがぞろぞろと、はしごをおりてきた。

「にゅちゃくちゃ、めちゃくちゃ……。」

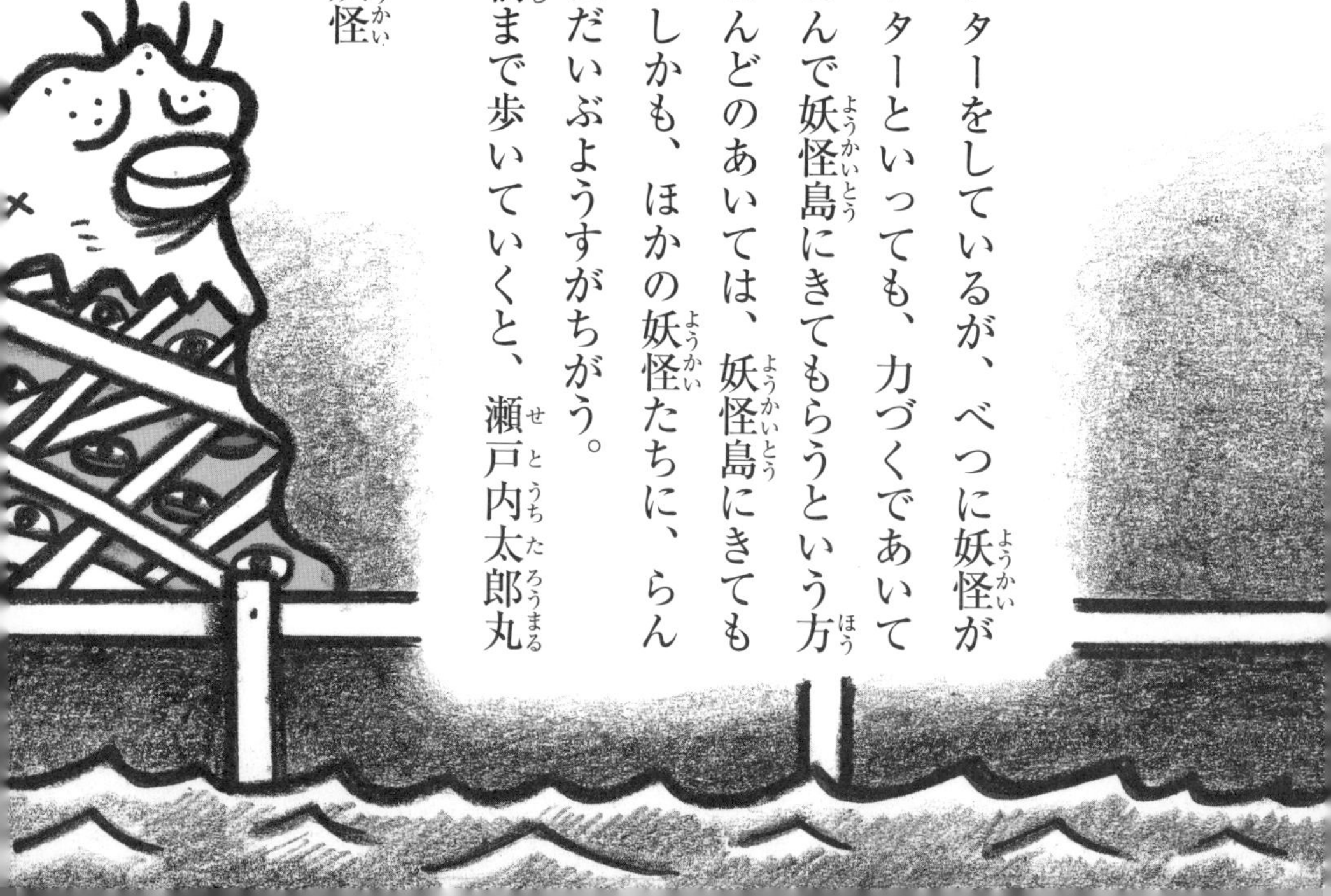

ぶつぶついいながら、さいしょに桟橋《さんばし》に立ったのは百目《ひゃくめ》だった。百ある目のうち、眼《がん》帯《たい》をしているほうが多い。眼帯《がんたい》といっても、耳にかけるわけではないので、ほうたいをぐるぐるまきにしているというかんじで、なんだかミイラ男のようだった。

つぎは河童《かっぱ》だった。河童《かっぱ》は松葉《まつば》づえをふりまわしながら、いった。

「あいつら、すもうをとろうっていうから、うけて立ったら、一対《たい》一じゃなく、何十人もいっぺんにかかってきたんです。」

戦国荒武者幽霊《せんごくあらむしゃゆうれい》、西神田三郎次衛門一業《にしかんださぶろうじえもんかずなり》は、元気なときでも、からだ中きずだらけだから、

見ただけでは被害《ひがい》がわからない。それでも、七里《しちり》わらぐつをはいているところを見ると、自力では歩けないようだった。河童《かっぱ》のうしろからはしごをおりてきて、ぼくにいった。

「多勢《たぜい》に無勢《ぶぜい》。いやはや、かくなる負《ま》けいくさは何百年ぶりでござろうか……。」

そのつぎは赤目長耳《あかめながみみ》だった。金剛丸《こんごうまる》がいっていたとおり、両方《りょうほう》の耳がかたむすびにむすばれている。

「ヒカルーっ！　みんな、ぶきようで、ほどけないんだ。おまえ、ちょっとほどいてみてくれよ。」

赤目長耳《あかめながみみ》はそういって、ぼくに頭をつきだしてきた。

「どんなやつがこんなことをしたんだ？」

ぼくがそういいながら、赤目長耳《あかめながみみ》の耳をほどいていると、赤目長耳《あかめながみみ》は、

「やつらの中に、右手と左手がいて、そのふたりがやったんだ。ヒカル。しかえしをしてくれ。陰陽師《おんみょうじ》の恐《おそ》ろしさを思い知らせてやれ。」

といったが、赤目長耳自身《あかめながみみじしん》、ぼくと雪女《ゆきおんな》が戦《たたか》ったところを見たことがあるのだから、ぼくがそんなに強くないことは知っているはずだった。

赤目長耳《あかめながみみ》のうしろからおりてきたのは、くんでのポンプ井戸《いど》だった。だが、よく見れば、ポンプのとってがない。足どりもあやしく、いつもは、

「くんで……、くんで……。」

といって、水をくませようとするのに、
息《いき》もたえだえに、

「で……、で……。」

としかいわない。

「ポンプのとってはどうしたんだ？」

ぼくがたずねると、瀬戸内太郎丸《せとうちたろうまる》の甲板《かんぱん》から金剛丸《こんごうまる》がとびおりてきて、

「とってならここだ。やつらにこわされたんだ。」

といった。見れば、くんでのポンプ井戸《いど》のとってを両足《りょうあし》でもっている。

ぼくはそれをうけとって、くんでのポンプ井戸《いど》のポンプにはめてみた。すると、はまるにははまったのだが、ボルトとナットがないので、すぐにおちてしまう。

「ここについていた金具《かなぐ》は？」

ぼくがたずねると、くんでのポンプ井戸《いど》の口からにゅっと手が出てきて、てのひらをひろげた。

「で……、で……。ここに、ある。こわされたんで……、ひろった……。」

ぼくはボルトとナットをくんでのポンプ井戸《いど》のてのひらからとると、それを使《つか》って、とってをポンプにとりつけた。

無傷《むきず》なのは七里《しちり》わらぐつだけのようだった。西神田三郎次衛門一業《にしかんださぶろうじえもんかずなり》が七里《しちり》

わらぐつをぬぐと、七里《しちり》わらぐつはぼくのまわりをとびながら、うったえた。
「おいらだって、はたらいた。三郎次衛門《さぶろうじえもん》一業《かずなり》、あいつらにかこまれた。おいらがたすけた。おいらがあんまりはやいから、あいつら、追《お》いつけなかった。あいつら、おおぜいで、めちゃくちゃ、やりたいほうだい。ヒカル、あいつら、やっつけて。ヒカル、おまえは陰陽師《おんみょうじ》！」
　そのあと、みんなからきいたところによると、妖怪《ようかい》たちをひどい目にあわせたあいての特徴《とくちょう》は、金剛丸《こんごうまる》の報《ほう》告《こく》と同じだった。いろいろなしゅるいの百人くらいの妖《よう》怪《かい》という点も、そいつらがあばれているときは、空にかみなりがなっていたという点も同じだった。みな、きのうの日ぐれから朝までのあいだに、おそわれたのだ。そ

して、そいつらは、さんざんあばれたあとで、

「夜があけたら、とっとと島《しま》を出ていけ！　さもないと、つぎはこれくらいではすまないぞ。」

というようなおどしもんくをむかしの日本語でいっていったということだった。

そんなわけで、みんなは、朝になって桟橋《さんばし》にあつまり、ひとまず瀬戸内太《せとうちた》郎丸《ろうまる》に乗《の》りこんだのだが、さくら姫《ひめ》だけがこないので、さとりがさがしにいった。ところが、日が高くなっても、さとりはもどらない。そこで、とにかく妖怪島《ようかいとう》をはなれ、金剛丸《こんごうまる》がぼくとシロガネ丸《まる》のところにたすけをもとめにいっているあいだ、島《しま》の近くに待機《たいき》していようということになったようだ。

ずっと桟橋《さんばし》にいた瀬戸内太郎丸《せとうちたろうまる》のところには、そいつらはやってこなかったとのことだったが、それをきいて、シロガネ丸《まる》は、

「本気でみんなを追《お》っぱらいたいらしい。だから、みんなをはこびだせるよ

うに、瀬戸内太郎丸《せとうちたろうまる》には手を出さなかったのだ。かみなりがなるという点は気になるが、やはり、百人の団体妖怪《だんたいようかい》、百《ひゃっ》鬼夜行《きやぎょう》だろう。だとすると、降参《こうさん》させれば、いっきに百人の妖怪《ようかい》をここに住《す》まわせることができる。こいつは運《うん》がいいぞ、ヒカル！」

と、自信《じしん》たっぷりにいったのだった。

四 尊勝《そんしょう》陀羅尼《だらに》と鳥居《とりい》の上にあらわれたもの

「こりゃあもう、勝《か》ったも同じだ。朝までにかたがつくから、みんな、瀬戸内太郎丸《せとうちたろうまる》に乗《の》って、まっててくれ。」

シロガネ丸《まる》は妖怪《ようかい》たちにそういってから、七里《しちり》わらぐつに声をかけた。

「おまえはけがもしてないし、ちょっと手つだってもらうかな。」

それからシロガネ丸《まる》は、

「じゃあ、ヒカル。いこうぜ。」

といって、さきに歩きだした。

左に川を見ながらすすむと、やがて竹の林に入る。そこは、西神田三郎次衛門《にしかんださぶろうじえもん》

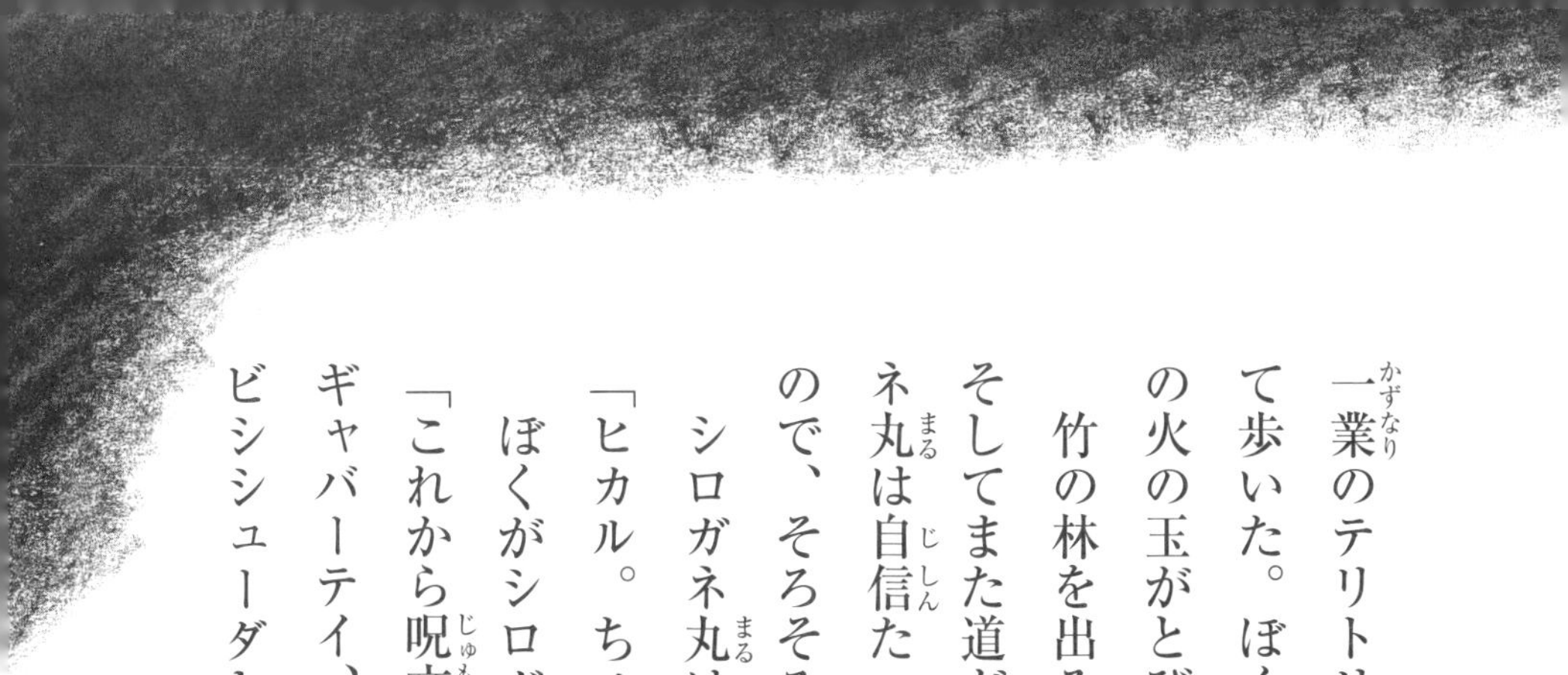

一業《かずなり》のテリトリーだ。ぼくたちはだまって歩いた。ぼくのまわりには、いくつもの火の玉がとび、道をてらしている。

竹の林を出ると、道が左にカーブする。そしてまた道が右にまがったあたりで、シロガネ丸《まる》は立ちどまった。シロガネ丸《まる》は自信《じしん》たっぷりだったけれど、ぼくとしても作戦《さくせん》をきいておきたかったので、そろそろ声をかけようかと思ってたところだった。

シロガネ丸《まる》はふりむいて、いった。

「ヒカル。ちょっと、耳をかせ。」

ぼくがシロガネ丸《まる》をだきあげると、シロガネ丸《まる》はぼくの耳にささやいた。

「これから呪文《じゅもん》を教えるから、おぼえるんだ。いいか、いうぞ。『ノウボーバギャバーテイ、タレロキヤー……』だ。ほんとうはもっと長くて、『ハラチービシシューダヤ、ボーダヤ、バギャバーテイタニヤーター……』とつづき、

そのあともあるんだが、まあ、今回のところは、さいしょの、『ノウボーバギャバーテイ、タレロキヤー』だけでいい。ちょっといってみな。」

ぼくは小さな声でききかえした。

「ノウボバー……。え、あと、なんだっけ？」

「いいか、さいしょからいうぞ。『ノウボーバギャバーテイ、タレロキヤー』だ。」

そうやって、何度《なんど》かシロガネ丸《まる》にくりかえしてもらい、ぼくは、〈ノウボーバギャバーテイ、タレロキヤー〉をおぼえてから、たずねた。

「ところで、これ、なに？」

「尊勝《そんしょう》陀羅尼《だらに》っていって、お経《きょう》だよ。百鬼夜行《ひゃっきやぎょう》はこれにめちゃくちゃ弱いんだ。これをきいて、あいつらがにげだそうとしたら、封怪函《ふうかいかん》にとじこめるんだ。つかまえて

おいて、あとで交渉《こうしょう》するっていう作戦《さくせん》だ。ちょっとらんぼうかもしれないが、さきにむこうからけんかをしかけてきたんだ。なに、かまうもんか。」

それから、シロガネ丸《まる》は、

「まったくもう、教養《きょうよう》がないっていうのはいやだねえ……。」

とつぶやいた。

「なに、それ、ぼくのこと?」

ちょっとむっとして、ぼくがそういうと、シロガネ丸《まる》は首をふった。

「いや、うちの妖怪《ようかい》たちだ。百鬼夜行《ひゃっきやぎょう》が尊勝陀羅尼《そんしょうだらに》に弱いっていうのは、平安時代《へいあんじだい》の常識《じょうしき》だ。まあ、みんな、そのころにはまだ生まれてなかったのかもしれないけどなあ。おまえだって、陰陽師《おんみょうじ》としてやっていくなら、やっぱり、尊勝陀羅尼《そんしょうだらに》はさいごまで暗記《あんき》しておいたほうがいいな。こんど、教えてやるよ。」

それから、シロガネ丸《まる》はつづけて、

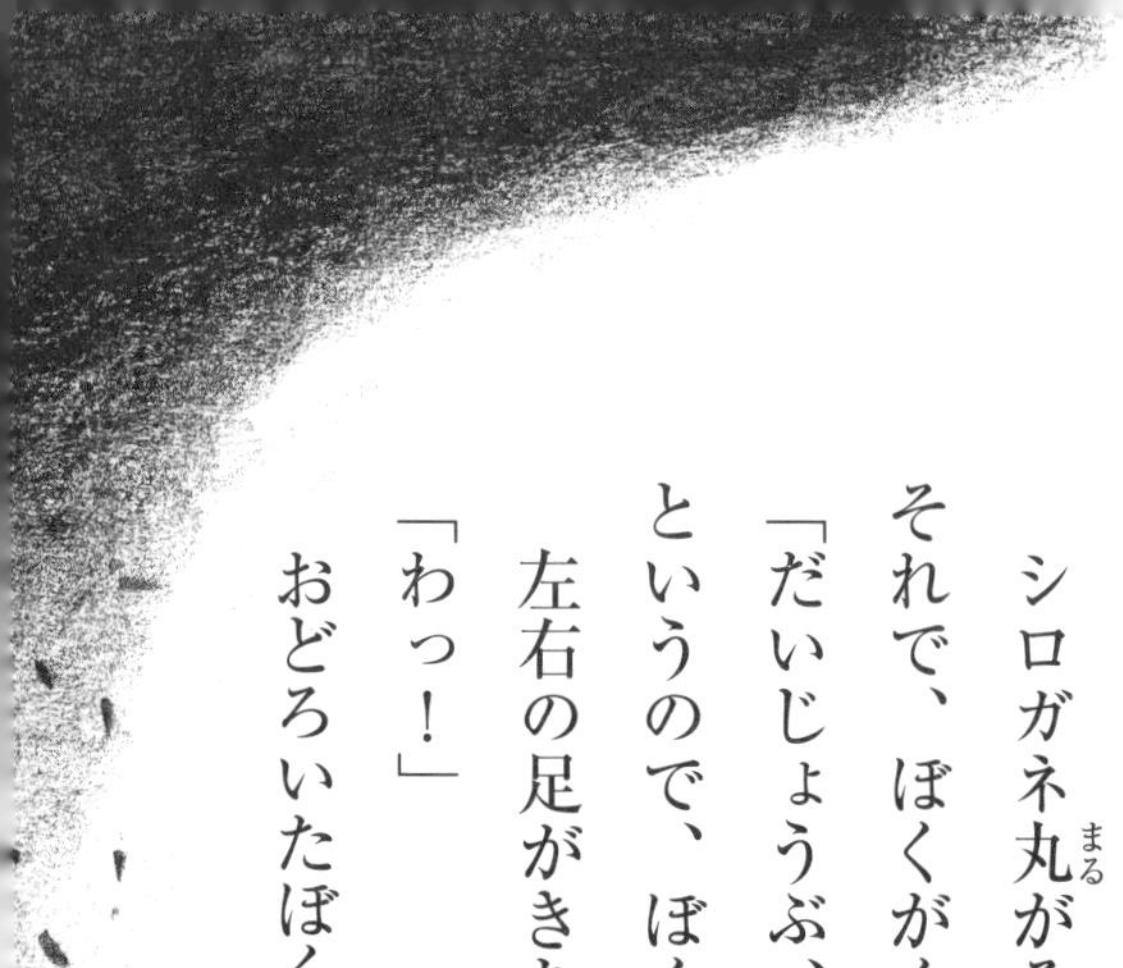

「おそらく、さくら姫《ひめ》は尊勝陀羅尼《そんしょうだらに》を知っているだろう。それに、さとりも、百鬼夜行《ひゃっきやぎょう》の心を見ぬき、何に弱いかわかるだろうし。まあ、あのふたりは安心《あんしん》だ。じゃあ、いこうか。」

といって、地面《じめん》にとびおりた。

しばらくいくと、道の左に丸太で土止《つちど》めした階段《かいだん》があらわれた。

「ヒカル。七里《しちり》わらぐつをはきな。」

シロガネ丸《まる》がそういうと、七里《しちり》わらぐつがぼくの足にならんだ。

それで、ぼくがくつをぬごうとすると、七里《しちり》わらぐつが、

「だいじょうぶ、だいじょうぶ、そのまま、そのまま。」

というので、ぼくはくつの上から七里《しちり》わらぐつをはいた。

左右の足がきちんとおさまると、ぼくのからだがいきなりもちあがった。

「わっ！」

おどろいたぼくが声をあげたときにはもう、ぼくのからだは

地上二メートルくらいのところで、足を上にして、さかさまに、宙《ちゅう》づりになっていた。

「ごめん、ごめん。」

七里《しちり》わらぐつがそっと下におりていく。

ぼくは手をのばして、さかだち状態《じょうたい》になり、そこでからだを半回転《はんかいてん》させて、地面《じめん》に立った。

シロガネ丸《まる》がくすりと笑《わら》って、いった。

「いざっていうときになったら、七里《しちり》わらぐつの力をかりることにして、今のところは七里《しちり》わらぐつをはいたまま、自力で歩いたほうがいいようだな。」

七里《しちり》わらぐつは、七里《しちり》わらぐつ自身《じしん》が自分で力をぬけば、ただのわらぐつと同じだ。ちがうのは、ふつうのわらぐつとちがって、かんたんにはぬげないことだ。

「さて、いくか……。」

シロガネ丸《まる》がそういって、階段《かいだん》の上を見あげたとき、とつぜん、空にいなずまが走った。それにつづいて、雷鳴《らいめい》が上空にひびきわたった。

ゴロゴロゴロゴロゴローッ！

シロガネ丸《まる》は、

「むこうからも、そろそろおでましってことだ。」

といって、階段《かいだん》をのぼりはじめた。

階段《かいだん》をしばらくのぼると、鳥居《とりい》があり、そこがお堂《どう》までの半分になっている。

階段《かいだん》はけっこう急《きゅう》で、鳥居《とりい》の下《した》までたどりついたとき、ぼくは息《いき》をきらしていた。

「ちょっと、ここでひと休みしようよ。」

ぼくがシロガネ丸《まる》に声をかけたときだった。

バターン……！

上のほうから、木のとびらがひらく音がひびいてきた。

シロガネ丸《まる》が耳をピンと立てて、階段《かいだん》の上を見つめた。

ゴロゴロ、ゴロゴロゴロゴローッ！

雷鳴《らいめい》がひときわ大きくとどろき、いくつものいなずまが連続《れんぞく》して空に走った。

やがて、黄色い光がふたつ、左右にならんで階段《かいだん》をおりてくるのが見えた。

シロガネ丸《まる》がぼくのほうにふりむいて、いった。

「いいか。先頭のやつがきたら、いきなり、さっきの呪文《じゅもん》をとなえろ。すると、やつらはクモの子をちらすようににげだそうとするから、そこで、封怪《ふうかい》函《かん》だ。いったん、とっつかまえておいて、あとは平和的交渉《へいわてきこうしょう》だ。」

ぼくは小さくうなずいた。

シロガネ丸《まる》は自信《じしん》たっぷりでも、これから百人の妖怪《ようかい》をあいてにするのかと思うと、ぼくとしてはあんまりたのしい気分になれない。

ズッ、ズッ、ズッ……。

七里《しちり》わらぐつの底《そこ》をとおして、地ひびきがつたわってくる。

あいかわらず、空では雷鳴《らいめい》がとどろき、いなずまがとびかっている。

ふたつの黄色い光はおりてくるにしたがって、だんだん大きくなってくる。

「ちょうちんかなんかの妖怪《ようかい》かな……。」

ぼくがそういったとき、ふたつの光はいっきにスピードもまし、上下にゆれながら、階段《かいだん》をくだってきたかとおもうと、目のまえの鳥居《とりい》の上にはねあがった。

そのときになって、ぼくはそれがちょうちんではないことがわかった。それは、ふたつの巨大《きょだい》な目だった。なんの目かといえば……。

それは竜《りゅう》の目だった。顔は、大型《おおがた》トラックを正面《しょうめん》から見たときくらいの大きさだ。シカのようなつののある竜《りゅう》が鳥居《とりい》の上にあごを乗《の》せ、ぼくを見おろしているのだった。

五

とりかこまれた瀬戸内太郎丸《せとうちたろうまる》と一生にげつづけてもいられないぼく

金剛丸《こんごうまる》の報告《ほうこく》では、あらわれたばけものたちは、手や足だけのもの、とか、目や、鼻《はな》や、口、それに、なわみたいなやつとか、槍《やり》や刀、でかいカエルやナメクジ、というようなものだということだった。竜《りゅう》の話はきいていない。

金剛丸《こんごうまる》は、竜《りゅう》をカエルとまちがえたのかな……。

ぼくは一瞬《いっしゅん》そう思ったが、鳥居《とりい》の上にのった顔から下には、蛇腹模様《じゃばらもよう》の胴体《どうたい》がつづいている。竜《りゅう》をヘビのばけものとまちがえることはあったとしても、カエルのばけものと見ちがえるはずはない。

それでもぼくはとにかく呪文《じゅもん》をいってみた。

「ノウボーバギャバーテイ、タレロキヤー！」

だが、竜《りゅう》はにげだすどころか、身《み》を乗《の》りだし、ぼくに顔をぐいっと近づけてきた。竜《りゅう》の口がぼくにせまる。

ぼくはもう一度《ど》、呪文《じゅもん》をとなえた。

「ノウボーバギャバーテイ、タレロキヤー！」

すると、竜《りゅう》はいくらか口をあけ、のどのおくから、

「クックックッ……。」

と笑《わら》い声をもらしてから、低《ひく》い声でいった。

「ノウボーバギャバーテイ、タレロキヤー、ハラチービシシューダヤ、ボーダヤ、バギャバーテイタニヤータ ー……。尊勝陀羅尼《そんしょうだらに》……。」

どうやら、竜《りゅう》はぼくよりずっと尊勝陀羅尼《そんしょうだらに》を知っているらしい。知っているだけではなく、笑《わら》ったところを見ると、竜《りゅう》には尊勝陀羅尼《そんしょうだらに》がまるで効果《こうか》

がないのだ。

尊勝陀羅尼《そんしょうだらに》があいてにつうじないということは、シロガネ丸《まる》もわかったらしい。シロガネ丸《まる》はいきなりぼくのむねにとびついて、大声《おおごえ》でさけんだ。

「ごめん、ヒカル！　尊勝陀羅尼《そんしょうだらに》はきかない！　七里《しちり》わらぐつ、とべ！」

足がいきなりもちあがり、シロガネ丸《まる》をだきしめたまま、ぼくはまたもや、さかさ宙《ちゅう》づり状態《じょうたい》になった。しかも、こんどはさかさ宙《ちゅう》づりになるだけではなく、そのままどんどん空高くあがっていった。

鳥居《とりい》のところで、竜《りゅう》がこちらを見あげているのがわかった。胴体《どうたい》が階段《かいだん》の上、お堂《どう》の中までつづいている。せなかに、のこぎりの刃《は》のようなせびれがある。

七里《しちり》わらぐつが水平飛行《すいへいひこう》にうつった。ぼくはあいかわらず、さかさ宙《ちゅう》づり状態《じょうたい》のままだった。

いつのまにか、月はかくれていた。竜《りゅう》どころか、瀬戸内妖怪島《せとうちようかいとう》ももう見えない。海の上には、あかりのともった島《しま》が点々《てんてん》としている。その島々《しまじま》をぬうようにして、船のあかりが見える。

「七里《しちり》わらぐつ、瀬戸内太郎丸《せとうちたろうまる》にもどれーっ！」

シロガネ丸《まる》のどなり声で、七里《しちり》わらぐつはいっきに方向《ほうこう》をかえた。そして、こんどは急降下《きゅうこうか》をはじめた。

海が明るくなってきた。月がまた空にあらわれたのだろう。

七里《しちり》わらぐつがどんどん高度《こうど》をさげていく。

真下《ました》に瀬戸内太郎丸《せとうちたろうまる》が見えた。そして、瀬戸内太郎丸《せとうちたろうまる》の甲板《かんぱん》の上、およそ三十センチの高さのところで、ぼくはさかさ宙《ちゅう》づり状態《じょうたい》のまま止まった。ぼくは両手《りょうて》をのばし、甲板《かんぱん》にてのひらをつけた。シロガネ丸《まる》が下にとびおりた。

七里《しちり》わらぐつが甲板《かんぱん》におり、
ぼくはよつんばいに着地《ちゃくち》、いや、着船《ちゃくせん》した。
ぼくの顔を妖怪《ようかい》たちが心配《しんぱい》そうにのぞきこんでいる。
シロガネ丸《まる》がさけんだ。
「瀬戸内太郎丸《せとうちたろうまる》！　出航《しゅっこう》だ。島《しま》からはなれろ！」
ぐらりとゆれて、瀬戸内太郎丸《せとうちたろうまる》が桟橋《さんばし》からはなれ、そのまま湾《わん》の外に出た。
空を見あげると、また月が雲にかくれようとしている。
あたりが暗《くら》くなっていく。
ぼくが立ちあがると、ひとつ、ふたつ、三つ、と、ぼくのまわりで、しぜんに火の玉が

ともりはじめる。

頭の上でかみなりがなった。

海はまっ暗《くら》になり、あたりに船のすがたはない。

一瞬《いっしゅん》、目のまえの海が明るくなった。

グワラグワラ、グワッシュバーン！

すぐ近くの水面《すいめん》で、何十メートルもある水柱《みずばしら》があがった！

海にかみなりがおちたのだ。

瀬戸内太郎丸《せとうちたろうまる》が大きくゆれた。

雷鳴《らいめい》がとどろき、何本ものいなずまが同時にとびかう。それも、空の上ではない。瀬戸内太郎丸《せとうちたろうまる》のまわりにだ。そのいなずまの光の中にあらわれたものを見たぼくは息《いき》をのんだ。

瀬戸内太郎丸《せとうちたろうまる》は長さ数百メートルはあろうかという巨大《きょだい》な竜《りゅう》に、ぐるりととりかこまれていた。しかも、瀬戸内太郎丸《せとうちたろうまる》をとりかこんでいるのは竜《りゅう》だけではなかった。金剛丸《こんごうまる》が報《ほう》告《こく》したような、目や耳や鼻《はな》や口、それから、手や足の妖怪《ようかい》。なわや槍《やり》や刀や旗《はた》のばけもの、乗用車《じょうようしゃ》くらいの大きさのカエルやナメクジ、鳥だかけものだかわからないようなやつら、巨大《きょだい》なげたやちょうちん……、そういうやつらが、うようよ、ぶんぶん、瀬戸内太郎丸《せとうちたろうまる》のまわりをとびかっているのだ。

「あやかしのものなら、とく、でていねば、ゆるせしを、陰陽師《おんみょうじ》とあらば、生きてかえすまじ！」

頭の上で大声がなりわたった。

見あげれば、瀬戸内太郎丸《せとうちたろうまる》の帆柱《ほばしら》の上に、竜《りゅう》の顔がせまっている。

「ヒカル！　妖怪《ようかい》たちはゆるしてやってもいいが、おまえは生きてかえさないといってるんだ。」

シロガネ丸《まる》はそういうと、またもやぼくのむねにとびついて、さけんだ。

「七里《しちり》わらぐつ、とべ！」

またまた、ぼくはさかさ宙《ちゅう》づり状態《じょうたい》で空に舞《ま》いあがった。

瀬戸内太郎丸《せとうちたろうまる》をとりかこんでいたばけものたちも、ぼくを追《お》って、空にあがってきた。ばけものたちはどれも、ひとりひとり、明るく光っている。

それで、瀬戸内太郎丸《せとうちたろうまる》をかこんでいるときも、一体一体、どんなようすなのか、はっきり見えたのだ。どんどん空高くあがりながら、ぼくは、光るばけものなんてはじめてだな、と思った。

ばけものたちのうしろから、竜《りゅう》もからだをうねらせながら、空をあがってくる。胴体《どうたい》のところどころが見えないのは、雲にかくれているせいだ。ぼくは、だれかが、

「西洋《せいよう》の竜《りゅう》は翼《つばさ》でとぶが、東洋《とうよう》の竜《りゅう》は雲をよび、雲に乗《の》ってとぶのだ。」

といっていたことを思いだした。

けれども、そんなこと思いだして感心《かんしん》しているときではなかった。さすが

に、ひととび二十八キロメートルの七里《しちり》わらぐつだけあって、竜《りゅう》との距離《きょり》はだんだんひらいていくものの、このまま一生、さかさ宙《ちゅう》づり状態《じょうたい》で、空をとんでいるわけにはいかない。もうすでに、頭に血《ち》がのぼって、クラクラしはじめているのだ。

ぼくは七里《しちり》わらぐつに声をかけた。

「止まれ。止まってくれ、七里《しちり》わらぐつ。瀬戸内妖怪島《せとうちようかいとう》にもどるんだ。」

ぼくのむねにしがみついているシロガネ丸《まる》は、

「島《しま》にもどって、どうする気だ？」

といったが、ぼくはかまわず、七里《しちり》わらぐつにもう一度《ど》いった。

「七里《しちり》わらぐつ。瀬戸内妖怪島《せとうちようかいとう》にもどってくれ！」

七里《しちり》わらぐつが高度《こうど》をさげる。

ぼくはシロガネ丸《まる》の耳に口をつけて、いった。

「このまま一生、さかさ宙《ちゅう》づりで、にげつづけているわけにもいかないよ。

にげてばかりいたんじゃ、七里《しちり》わらぐつにも、瀬戸内妖怪島《せとうちようかいとう》の妖怪《ようかい》たちにも、しめしがつかない。今夜、うまくにげきれたって、妖怪《ようかい》たちはもう、ぼくのいうことなんてきかなくなるし、さくら姫《ひめ》とさとりだって、とりかえさないと。いくらまだ一人前じゃなくたって、なにしろぼくは陰陽師《おんみょうじ》なんだし……。」

二、三秒《びょう》して、シロガネ丸《まる》からへんじがかえってきた。

「そりゃあまあ、そうだな……。」

見あげると、ぼくたちを追《お》って、竜《りゅう》がおりてくるのがわかった。竜《りゅう》のまわりをばけものたちがおどるようにおりてくる。

ひときわ明るいいなずまが光った。そのとき、雲をスクリーンにして、竜《りゅう》とばけものたちのシルエットがうかびあがった。それを見て、ぼくはきみょうなことに気づいた。ばけもの一体一体からくだのようなものが出ていて、それが、竜《りゅう》のせなかのあちらこちらにつながっているのだ。

ぼくはそれににているものをどこかで見たような気がした。

六 フリーサイズの七里《しちり》わらぐつと天馬《てんま》に乗《の》った陰陽師《おんみょうじ》

じつをいうと、そういう気持《きも》ちになったのははじめてだったけれど、ぼくは、何がなんでも瀬戸内妖怪島《せとうちようかいとう》を守《まも》らなければならないという気分になっていた。これまで、東神《とうじん》グループの波倉《なみくら》会長のたのみで、妖怪《ようかい》たちを瀬戸内妖《せとうちよう》怪島《かいとう》にあつめてきたけれど、それは、ひとりずつ妖怪《ようかい》をふやしていけばいいというだけで、どことなく気楽《きらく》なところがあったと思う。

だが、こんどはちがった。せっかくあつめた、というか、せっかくきてもらった妖怪《ようかい》たちに、

「恐《おそ》ろしい竜《りゅう》があらわれて、出ていけっていってるから、悪《わる》いけど、立ちのいてくれないかなあ。」

なんていえない。

ぼくは陰陽師《おんみょうじ》としての責任《せきにん》があるように思ったのだ。

瀬戸内妖怪島《せとうちようかいとう》のヘリポートにもどり、ぼくがそんなことを考えていると、いつのまにか、ヘリポート中に無数《むすう》の火の玉がとびかって、あたりはまるで、ナイターのときの野球場《やきゅうじょう》みたいに明るくなっていた。ぼくの気持《きも》ちにおうじて、火の玉の火力も大きくなったのだろう。

シロガネ丸《まる》はトラの大きさになってから、ぼくに七里《しちり》わらぐつをぬぐようにいい、ぼくがぬぐと、それを自分のうしろ足にはいた。そのときになってわかったのだけど、なんと、七里《しちり》わらぐつというのは、さすがに妖怪《ようかい》わらぐつだけあって、伸縮自在《しんしゅくじざい》のフリーサイズなのだ！

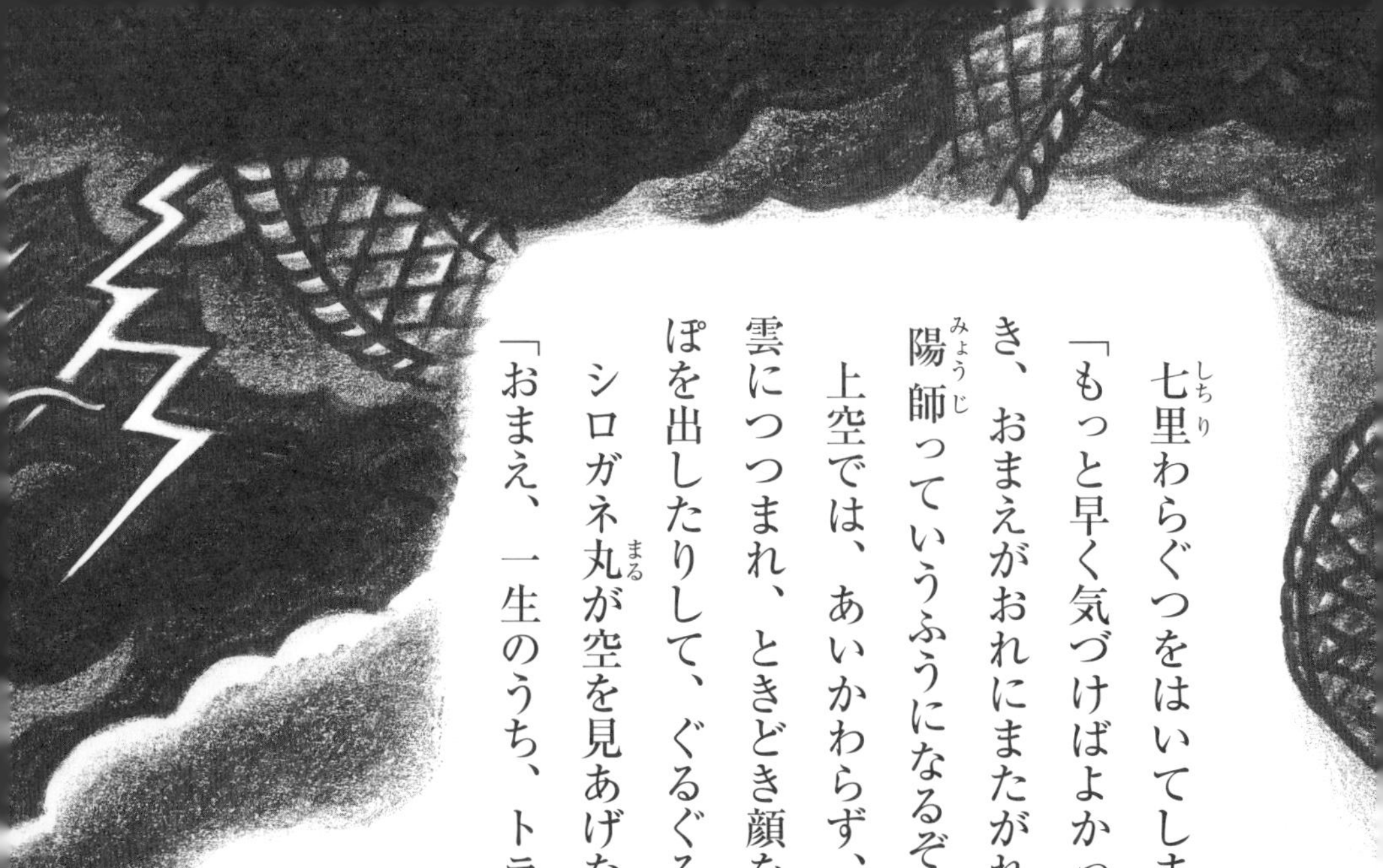

七里《しちり》わらぐつをはいてしまうと、シロガネ丸《まる》はぼくにいった。

「もっと早く気づけばよかったぜ。おれが大きくなって、七里《しちり》わらぐつをはき、おまえがおれにまたがればよかったんだ。そうすれは、天馬《てんま》に乗《の》った陰《おん》陽師《みょうじ》っていうふうになるぞ。」

上空では、あいかわらず、雷鳴《らいめい》がとどろき、いなずまが走っている。竜《りゅう》は雲につつまれ、ときどき顔を出したり、胴体《どうたい》の一部《いちぶ》を出したり、手足やしっぽを出したりして、ぐるぐるまわりながらおりてくる。

シロガネ丸《まる》が空を見あげながら、ぽつりといった。

「おまえ、一生のうち、トラが一回でいいからやってみたいと思ってることって、なんだか知ってるか？」

ぼくも空を見あげながら、いった。

「知らないけど、何？」

「竜《りゅう》と戦《たたか》うことだ。竜虎《りゅうこ》の決戦《けっせん》っていうんだ。」

ぼくはシロガネ丸《まる》の顔を見て、たずねた。

「へえ、そうなの。それで、シロガネ丸《まる》も竜《りゅう》と戦《たたか》ってみたいの？　トラじゃないのに？」

「べつに、おれは戦《たたか》ってみたくなんてないよ。おれはトラみたいに野蛮《やばん》じゃないからな。まあ、だけど、戦《たたか》うなら、トラの気分でやるしかないね。」

やがて、ゴロゴロ、ピカピカ、はでな音と光とともに、雲につつまれた竜《りゅう》がヘリポートにおりてきた。そして、ぐるぐるととぐろをまき、頭をぐっとのばして、ぼくを見おろした。どこにいったのか、いつのまにか、ばけものたちは消《き》えていた。

ぼくは竜《りゅう》を見るのがはじめてだったし、いったい竜《りゅう》というものにせびれがあるのかどうか知らなかったけれど、その竜《りゅう》には、せなかにのこぎりの刃《は》のようなせびれがあった。

ぼくは竜《りゅう》の顔を見あげて、大声でいいはなった。

「ぼくは陰陽師《おんみょうじ》、芦屋《あしや》ヒカルだ！　おまえは何者《なにもの》だーっ！」

　そのとき、ぼくのまわりで、ひとつひとつの火の玉がとつぜん大きくなった。それまでは、ちょうちんくらいの大きさしかなかったのに、運動会《うんどうかい》の大玉ころがしに使《つか》う紅白《こうはく》の玉くらいになっている。

「われは雷電竜王《らいでんりゅうおう》なり！」

　竜《りゅう》が名のったところで、ぼくはいった。

「罪《つみ》もない妖怪《ようかい》たちをいたぶり、島《しま》をひとりじめしようとするとは、とんでもないやつだ。すぐに降参《こうさん》するならゆるしてやるが、さもなければ……。」

　さもなければどうするのか、ぼくは自分でもよくわかっていなかった。それで、ことばにつまってしまうと、ぼくのとなりでシロガネ丸《まる》が大声でいった。

「さもなくば、なんじを炎《ほのお》の

くさりにてしばりあげ、地獄《じごく》におとさん！」

するとと竜《りゅう》は大きな口をあけて、笑《わら》った。

「グワッハッハッハッハッ！」

あいた口から、たくさんの小さないなずまがとびだしている。

ぼくのまわりでは、火の玉がますます大きくなっていた。それはもう、火の玉というよりは、火の柱《はしら》だった。ぼくは何百もの火の柱《はしら》にかこまれていた。

その火の柱《はしら》はふえつづけ、ぼくとシロガネ丸《まる》だけではなく、竜《りゅう》をもとりかこみはじめていた。

火の柱《はしら》の熱《ねつ》で、竜《りゅう》の雲がうすらいでいくのがわかった。

竜《りゅう》が首を高くあげ、頭をぶるっとふった。すると、新しい雲がおりてきて、竜《りゅう》のからだをつつみ、竜《りゅう》は頭しか見えなくなった。

ぼくが竜《りゅう》の顔をにらみあげると、ぼくのまわりの火の柱《はしら》がどっと高くなり、それと同時に、竜《りゅう》をとりかこむ雲がまたもやうすらいだ。

竜《りゅう》がまた首をあげて、頭をふった。すると、ふたたび雲がおりてくる……。

これは、もしかすると……。

ぼくは、ひょっとしたらうまくいくかもしれない作戦《さくせん》を思いついた。

竜《りゅう》のようすを見て、シロガネ丸《まる》も同じことに気づいたようだった。ぼくがシロガネ丸《まる》を見ると、シロガネ丸《まる》もぼくを見て、小さくうなずいた。

ぼくはシロガネ丸《まる》にとび乗《の》って、さけんだ。

「とべ！　シロガネ丸《まる》！」

すると、シロガネ丸《まる》は七里《しちり》わらぐつに命令《めいれい》した。

「とべ！　七里《しちり》わらぐつ！」

シロガネ丸《まる》のからだがふわりとういた。

ぼくは両手《りょうて》でシロガネ丸《まる》の左右の耳につかまった。

シロガネ丸《まる》が空をかけあがる。

ヘリポートを見おろすと、ちょうど竜《りゅう》が離陸《りりく》すると

ころだった。

ぼくは東京《とうきょう》タワーのいちばん高い展望台《てんぼうだい》にのぼったことがある。それくらいの高さまであがってくると、シロガネ丸《まる》はそこで止まり、七里《しちり》わらぐつにいった。

「いいか、七里《しちり》わらぐつ。おれとヒカルが竜《りゅう》の頭にとび乗《の》ったら、すぐにおれからはなれろ。そして、おれがよんだら、すぐにもどってこい！」

ぼくはシロガネ丸《まる》がそういったことで、シロガネ丸《まる》とぼくがやっぱり同じ作戦《さくせん》を考えていることがわかった。七里《しちり》わらぐつに、はなれろといったのは、七里《しちり》わらぐつに火がうつらないようにするためだ。なにしろ、七里《しちり》わらぐつはわらでできているから、もえやすい。

足をふんばるようなかっこうで、シロガネ丸《まる》が空中でまっていると、雲に半分つつまれて、竜《りゅう》があがってきた。

竜《りゅう》の長い胴体《どうたい》がぴかりぴかりと光りながら、波《なみ》うって、ぼくとシロガネ丸《まる》

をかこんだ。

竜《りゅう》ののこぎりの刃《は》のようなせびれがひとつずつのびていく。ひとつひとつのせびれの先がさまざまなばけものの形になる。たくさんのばけものがほそいくだで竜《りゅう》のせなかにつながっているようなかっこうになった。

ばけものたちは百鬼夜行《ひゃっきやぎょう》ではなかったのだ！　ひとつひとつが竜《りゅう》のせびれだったのだ。

ばけものの数は百くらいだろう。みんな、霧《きり》のような雲の中、すがたを見えがくれさせている。ぼくとシロガネ丸《まる》は竜《りゅう》の胴体《どうたい》にかこまれたうえ、百のばけものにとりかこまれているのだ。

ぼくはあたりをぐるりと見まわし、いった。

「きれいだね、シロガネ丸《まる》。妖怪《ようかい》の空中パレードだ！」

さっきどこかで見たような気がしたのは、トウキョウ・オールディーズランドのパレードだったのだ。

ぼくに耳をつかまれたまま、シロガネ丸《まる》がうなずくのがわかった。

ぼくはシロガネ丸《まる》にいった。

「あのさ、シロガネ丸《まる》。シロガネ丸《まる》はぼくといっしょに、あいつと戦《たたか》ってくれようとしているんだろうけど、ぼくをあいつの頭の上におろしたら、七里《しちり》わらぐつをはいたまま、はなれていてくれないかな。これは、いちかばちかの勝負《しょうぶ》で、こんなことというと、シロガネ丸《まる》に失礼《しつれい》かもしれないけど……。」

ぼくがそこまでいうと、シロガネ丸《まる》はぼくのことばをさえぎった。

「やけどしないように、はなれてろってことか。勝《か》っても負《ま》けても、この高さだ。おれは七里《しちり》わらぐつをはいたまま、やけどしないくらいの場所《ばしょ》にいて、おまえが竜《りゅう》からふりおとされたら、かけつけて、ひろってやることにしよう。」

「じゃあ、まあ、そういうことで。そろそろいこうか。」

ぼくがそういうと、シロガネ丸《まる》は、

「よし。」

とうなずき、竜《りゅう》の頭めがけて空中をかけだした。

竜《りゅう》のほうでも、じっとまっているわけではなかった。ぐっとあごをひき、うわんと尾《お》をふって、ぼくたちのほうに突進《とっしん》してくる。雷鳴《らいめい》といなずまの中、みるみるうちに、ぼくたちと竜《りゅう》の距離《きょり》がちぢまっていく。

あと、ほんの十メートルか二十メートルというところで、竜《りゅう》が頭をぐっと

あげた。上からぼくたちにおそいかかろうというのだろう。

だが、シロガネ丸《まる》はそれよりさらに高くはねた。

シロガネ丸《まる》のまえ足が竜《りゅう》の頭をかすった瞬間《しゅんかん》、ぼくはシロガネ丸《まる》からとびおりた。

そして、ぐっと両手《りょうて》をのばし、竜《りゅう》の右のつのに両手《りょうて》でつかまった。

竜《りゅう》の胴体《どうたい》は雲にくるまれ、ほとんど見えなかった。その雲の中に、シロガネ丸《まる》のうしろすがたが消《き》えていく。

竜《りゅう》のつのは足をからみつかせるのにちょうどよい太さだった。ぼくは両足《りょうあし》で竜《りゅう》のつのをはさみこんだ。そして、両手《りょうて》をはなし、その手を大きくふりかぶり、てのひらを連続《れんぞく》して、グー、チョキ、パーにする。

「遠大火放炎具有直波《えんだいかほうえんぐうちょくぱ》！　遠大火放炎具有直波《えんだいかほうえんぐうちょくぱ》！　遠大火放炎具有直波《えんだいかほうえんぐうちょくぱ》！」

ぼくと竜《りゅう》をとりかこむようにして、三か所《しょ》、花火の輪《わ》がひろがった。

おどろいた竜《りゅう》がぐるっとまわりを見まわした。

遠大火放炎《えんだいかほうえん》はすでにトウキョウ・オールディーズランドのお城《しろ》の屋上《おくじょう》で実《じっ》験《けん》ずみで、ただのウォーミングアップだ。

ぼくは両足《りょうあし》にぐっと力をこめ、竜《りゅう》にふりおとされないようにして、これまでにやったことのない術《じゅつ》をくりだすことにした。

「遠近大旋炎《えんきんだいせんえん》四方八方《しほうはっぽう》四八《しわ》三十二方《さんじゅうにほう》上下左右《じょうげさゆう》乱曲波《らんきょくば》大連続《だいれんぞく》！」

同時に両手《りょうて》を大きくひらき、てのひらをグー、チョキ、パーにする。

遠いところも近いところも、あちこちぜんぶ、炎《ほのお》がぐるぐるまきになって何度《なんど》も乱《みだ》れとぶ……、という新わざだ！

ぼくのまわり中がぜんぶ、火の海、いや、火の空になった。

もう一度《ど》！

「遠近《えんきん》大旋炎《だいせんえん》四《し》方八方《ほうはっぽう》四《し》八《わ》三十二《さんじゅうに》方上下《ほうじょうげ》左《さ》右乱曲《ゆうらんきょく》波《ば》大連続《だいれんぞく》！」

そして、もう一度《ど》、

「遠近《えんきん》大旋炎《だいせんえん》四《し》方八方《ほうはっぽう》四《し》八《わ》三十二《さんじゅうに》方上下《ほうじょうげ》左《さ》右乱曲《ゆうらんきょく》波《ば》大連続《だいれんぞく》！」

ぼくはくりかえし、くりかえし、そうさけびながら、両手《りょうて》をふりまわして、てのひらをグー、チョキ、パーにした。

うずをまいてもえあがる火のせいで、ぼくと竜《りゅう》のまわりがどうなっているのか、わからなかった。炎《ほのお》の熱《ねつ》で雲は消《き》えたが、そのかわり、竜《りゅう》もぼくも火につつまれている。

竜《りゅう》は何度《なんど》も頭をふって、雲をよぼうとしたが、近づいてくる雲はぜんぶ、うずまく炎《ほのお》に消《け》しとばされる。

雲がなければ、かみなりもおこらない。かみなりがおこらなければ、竜《りゅう》は力を出せない。

竜《りゅう》のまわりに乱《みだ》れとんでいたばけものたちが、つぎつぎに形をかえ、竜《りゅう》のせびれになって、もとの場所《ばしょ》にもどっていく。

竜《りゅう》の動《うご》きがにぶくなっていく。

思ったとおりだ！　竜《りゅう》は雷雲《らいうん》をよび、雷雲《らいうん》がつくる電気《でんき》をエネルギーに

していたのだ。エネルギーがなくなれば、動《うご》けなくなるのだ。
竜《りゅう》ががくりと首をたれた。それと同時に墜落《ついらく》しはじめた。
ぼくは両手《りょうて》両足《りょうあし》で、竜《りゅう》のつのにしがみついた。
そして、大声でシロガネ丸《まる》をよんだ。

「シロガネ丸《まる》ーっ！」

「おおーっ！　今いくぞーっ！」

頭の上でシロガネ丸《まる》の声がきこえた。

見あげると、シロガネ丸《まる》が急降下《きゅうこうか》してくるのが見えた。

墜落《ついらく》していく竜《りゅう》の頭とシロガネ丸《まる》がならぶ。

ぼくは手足の力をぬいて、竜《りゅう》の頭からはなれた。

ぼくのからだが空中にほうりだされる。

シロガネ丸《まる》の太い両《りょう》うで、いや、両《りょう》まえ足がぼくをだきしめた。

耳もとで、シロガネ丸《まる》の声がした。

「よし。キャッチ成功《せいこう》！　七里《しちり》わらぐつ、竜《りゅう》のあとから、ゆっくりと下におりろ！」

見おろすと、瀬戸内妖怪島《せとうちようかいとう》にむかって、竜《りゅう》がまっさかさまに墜落《ついらく》していくのが見えた。

七 河童《かっぱ》がくれたこしみのと夜の電光行列《でんこうぎょうれつ》

ヘリポートと河童《かっぱ》の池のあいだのたいらな地面《じめん》に、竜《りゅう》は墜落《ついらく》した。

七里《しちり》わらぐつをはいたシロガネ丸《まる》とぼくがおりていくと、竜《りゅう》は胴体《どうたい》を半分地面《じめん》にめりこませ、気絶《きぜつ》していた。

雲はすっかり消《き》えて、月が出ていた。

瀬戸内太郎丸《せとうちたろうまる》と金剛丸《こんごうまる》以外《いがい》の妖怪《ようかい》たちがぞろぞろあつまってきた。

百目《ひゃくめ》は、

「にゅちゃくちゃ、すごい。さすがはヒカル。」

といい、西神田三郎次衛門一業《にしかんださぶろうじえもんかずなり》は、

「あっぱれ日本一！」

と、ぼくをほめてくれた。

「今なら、雪女《ゆきおんな》に勝《か》てるかもだな。」

といったのは赤目長耳《あかめながみみ》だった。

くんでのポンプ井戸《いど》は、

「勝《か》った、勝《か》った。おいわいに、くんで、くんで……。」

といって、河童《かっぱ》に自分のとってをもたせ、水をくませた。

河童《かっぱ》はといえば、くんでのポンプ井戸《いど》につきあい、ひととおり水をくむと、その水で頭の皿《さら》をぬらした。それから、そっといなくなり、しばらくすると新しいこしみのをもって、もどってきた。そして、それをぼくに手わたして、こういった。

「今、金剛丸《こんごうまる》がさくら姫《ひめ》とさとりをさがしにいって

います。さとりはともかく、さくら姫《ひめ》がここにきたら、そのかっこうでは、いくらなんでも……。」

そういわれて、はじめてぼくは気がついた。

いつのまにか、ぼくはすっぽだかになっていたのだ！

ぼくのからだはなんともなかったが、ぼくの出した炎《ほのお》のせいで、服《ふく》がぜんぶもえてしまったようだ。

河童《かっぱ》がくれたこしみのをこしにまいていると、シロガネ丸《まる》がぼくにいった。

「おまえといっしょに竜《りゅう》の頭の上にいたら、おれも七里《しちり》わらぐつも、大やけどをしていたかもな。」

気絶《きぜつ》した竜《りゅう》のまわりで、ぼくたちがさわいでいると、さとりがひとりでやってきた。そのさとりがいうには、竜《りゅう》のせびれのばけものたちにつかまって、ぐるぐるまきに

しばられ、山のお堂《どう》にとじこめられていたということだった。金剛丸《こんごうまる》がとんできて、たすけだしてくれたが、そのあと金剛丸《こんごうまる》はさくら姫《ひめ》をさがしにいったとのことだった。

どうして竜《りゅう》がさとりだけお堂《どう》にとじこめたのか、ということについて、さとりはこういった。

「この竜《りゅう》は奈良時代《ならじだい》に、あるおぼうさんの法力《ほうりき》で、あのお堂《どう》の下の地下にとじこめられたんだが、さくら姫《ひめ》が裏山《うらやま》にひっこしてきて、そのかおりで目ざめてしまったんだ。それくらいだから、竜《りゅう》は目がさめると、さくら姫《ひめ》を見て、すぐすきになり、結婚《けっこん》して、この島《しま》にふたりきりで住《す》もうとしたんだ。それで、さくら姫以外《ひめいがい》、おれたちみんなを追《お》いだそうとした……、ということが、こいつとあったときにすぐわかった。それで、おれがあちこちそれをいいふらさないように、こいつはおれをお堂《どう》にとじこめたってわけだ。」

なんだ、そういうことだったのか……、とみんなで、またまた、わいわいさわいでいると、金剛丸《こんごうまる》といっしょに、さくら姫《ひめ》がやってきた。

「わけは金剛丸《こんごうまる》よりききし。われもまた、この美しき竜《りゅう》をにくからず思うゆえ、この竜《りゅう》とともに山に住《す》まわん。」

さくら姫《ひめ》はそういい、それをシロガネ丸《まる》が今の日本語になおした。

「事情《じじょう》は金剛丸《こんごうまる》からきいた。それで、自分もこのきれいな竜《りゅう》が気にいったから、いっしょに山に住《す》む……だってよ。」

それからシロガネ丸《まる》はむかしの日本語で、さくら姫《ひめ》といろいろ話しあっていたが、けっきょく、竜《りゅう》をおとなしくさせるという条件《じょうけん》で、さくら姫《ひめ》が竜《りゅう》をひきとることになった。

そこでぼくはもうひとつ条件《じょうけん》をつけた。

「おとなしくするだけじゃなくて、瀬戸内《せとうち》

妖怪島《ようかいとう》が島《しま》びらきしたら、竜《りゅう》に夜のパレードをうけもってもらうっていうのはどうかな。」

ぼくがそういい、それをシロガネ丸《まる》がさくら姫《ひめ》につたえると、さくら姫《ひめ》のほうでも、条件《じょうけん》を出してきた。そのパレードには、さくら姫《ひめ》もくわわるというもので、竜《りゅう》のせびれからくりだしたばけものたちといっしょに、さくら姫《ひめ》がさくらの花びらをまきながら、竜《りゅう》の頭の上で舞《ま》うというものだった。

もちろん、そのほうがいいので、ぼくとさくら姫《ひめ》の交渉《こうしょう》はすぐにまとまった。

夜明け近く、竜《りゅう》はようやく目をさました。さくら姫《ひめ》は竜《りゅう》の頭をなでながら、むかしの日本語でいろいろいってきかせていた。竜《りゅう》はおとなしくそれをきき、ぼくとさくら姫《ひめ》がとりきめた条件《じょうけん》をすべてのんだ。

そういうことなら、まあ、いいだろうということで、ほかの妖怪《ようかい》たちも、雷電竜王《らいでんりゅうおう》をなかまとしてうけいれることを約束《やくそく》した。瀬戸内太郎丸《せとうちたろうまる》も、それ

ならそれでいいといった。

朝になって、ぼくは携帯《けいたい》電話で波倉《なみくら》会長に、すべてを報告《ほうこく》した。そして、むかえにきたヘリコプターで東京《とうきょう》にもどってきたのだが、何日かして、金剛《こんごう》丸《まる》がぼくのうちにやってきて報告《ほうこく》したところでは、雷電竜王《らいでんりゅうおう》は、ひるまはお堂《どう》の中でおとなしくしているということだった。

「で、夜になると？」

ぼくがたずねると、金剛丸《こんごうまる》は、

「夜？　そりゃあ、さくら姫《ひめ》とふたりで、地面《じめん》やら空中やらで、パレードの練習《れんしゅう》だ。まあ、美女《びじょ》と野獣《やじゅう》ってとこだ。ほんとにいい気なもんだぜ。あのふたり、パレードのことを電光行列《でんこうぎょうれつ》っていってるんだけどよ。」

と答えたのだった。

首長殿様《くびながとのさま》

　春休みに、波倉《なみくら》会長から郵便《ゆうびん》がとどいた。封筒《ふうとう》の中には、雷電竜王《らいでんりゅうおう》のことについての礼状《れいじょう》と、それからあらたな妖怪《ようかい》の捕獲依頼《ほかくいらい》カードが入っていた。

　そんなわけで、封怪函《ふうかいかん》にシロガネ丸《まる》を入れたぼくは、東海道新幹線《とうかいどうしんかんせん》で新大阪《しんおおさか》までいき、むかえにきていた車で、東神《とうじん》カントリークラブ大阪《おおさか》というゴルフ場《じょう》にむかった。

　ぼくたちが東神《とうじん》カントリークラブ大阪《おおさか》

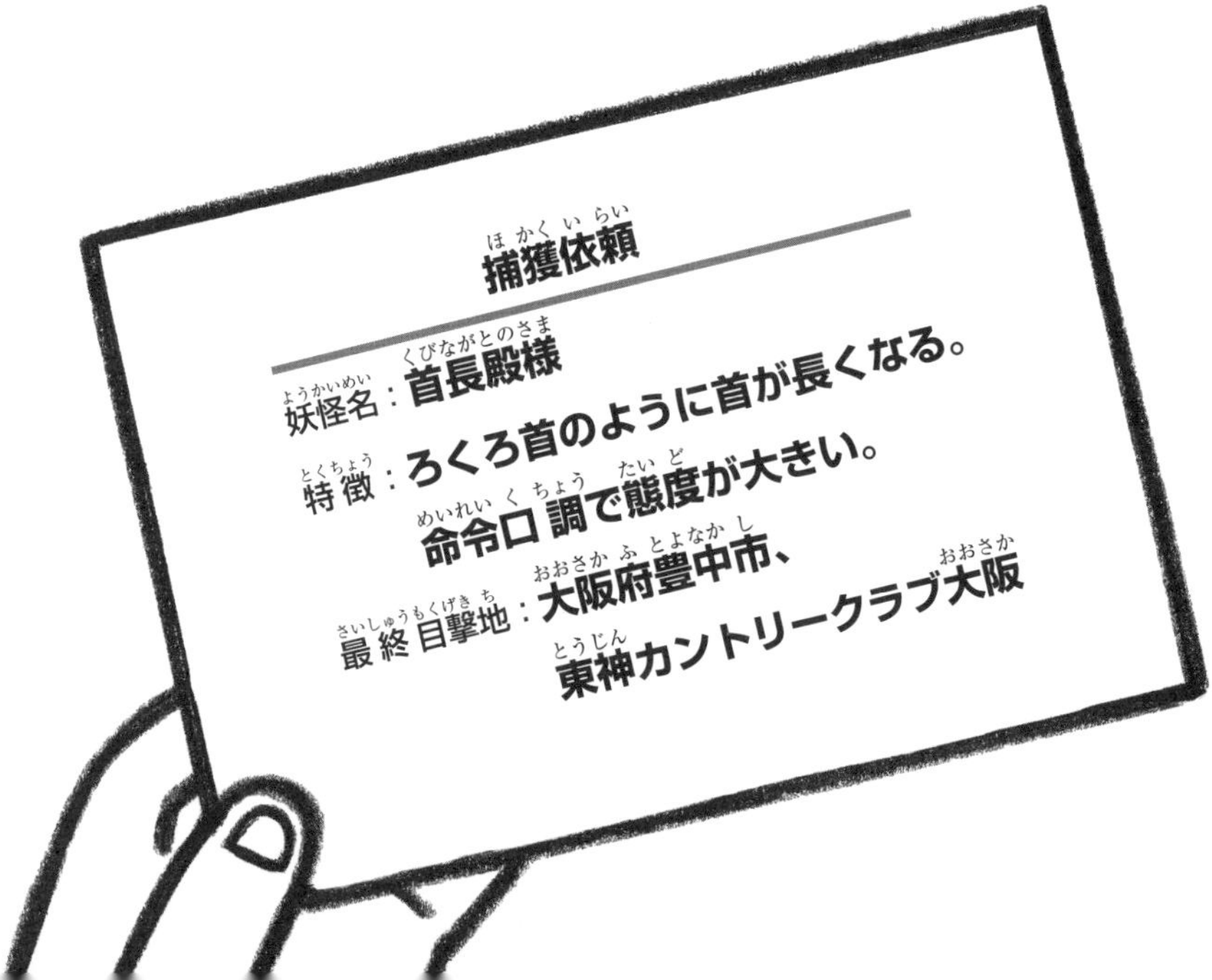

についたのは夕がただった。つくとすぐ、ぼくはシロガネ丸《まる》を封怪函《ふうかいかん》から出して、目撃者《もくげきしゃ》から話をきいた。あらかじめ波倉《なみくら》会長がれんらくを入れてくれていたようで、目撃者《もくげきしゃ》のわかいガードマンは、その日は仕事《しごと》が休みなのに、ぼくをまっていてくれて、こう証言《しょうげん》した。

「びっくりしましたよ。夜七時の巡回《じゅんかい》のとき、七番ホールの近くの林のそばの電灯《でんとう》の下を通ったら、いきなり出てきまして、首をうわーんとのばし、『余《よ》は首長殿様《くびながとのさま》じゃ。波倉《なみくら》会長につたえるがよい。余《よ》を退治《たいじ》したかったら、陰《おん》陽師《みょうじ》をよこせとな！』なんて、大きな態度《たいど》で、そういったんです。わたしはゴルフ場《じょうちょう》長に報告《ほうこく》し、波倉《なみくら》会長にれんらくしてもらったんです。そいつは大《だい》名《みょう》みたいなかっこうで、タカをかたに乗《の》せていました。」

さっそくぼくとシロガネ丸《まる》は、その七番ホールの電灯《でんとう》の下に案内《あんない》してもらい、日が暮《く》れるのをまった。案内《あんない》してくれたのは、ゴルフ場《じょう》の所長《しょちょう》とガードマンだったが、ふたりはぼくたちをカートで案内《あんない》すると、そそくさと事務所《じむしょ》にもどっていった。

ふたりがいってしまうと、シロガネ丸《まる》がいった。

「わざわざ東神《とうじん》グループのゴルフ場《じょう》にあらわれ、波倉《なみくら》会長を指名《しめい》して、陰陽《おんみょう》師《じ》をよばせるというのは、やはりへんだ。しかも、ここは瀬戸内妖怪島《せとうちようかいとう》からいちばん近い東神《とうじん》グループのゴルフ場《じょう》だ……。」

ぼくの考えもシロガネ丸《まる》と同じだった。それで、

「そうだよね。そいつ、ただぼくたちをよんで、瀬戸内妖怪島《せとうちようかいとう》に……。」

といいかけると、とつぜん、近くの林がゆれて、うす暗《くら》がりの中から、江戸《えど》時代《じだい》の大名《だいみょう》のかっこうをした男があらわれた。かたに、大きなタカを一羽乗《の》せている。

男はぼくと目が合うと、大声で、

「そちじゃな、芦屋《あしや》ヒカルという陰陽師《おんみょうじ》は。余《よ》と勝負《しょうぶ》せよ。もし、余《よ》が勝《か》てば、このゴルフ場《じょう》は余《よ》のものじゃ。そして、もし、そちが勝《か》てば、余《よ》はこ

こをしりぞき、そちの指定《してい》する土地にうつってやるぞ！」

といってから、かたのタカに声をかけた。

「化《ば》けタカ夜叉丸《やしゃまる》、かかれーっ！」

バタバタバタバタバターッ！

タカがはばたき、ぼくとシロガネ丸《まる》のほうにつっこんできた。ぼくは、身《み》を低《ひく》くしてかわしたが、それはともかく、そのタカは男のかたからとびたったときは、ふつうよりいくらか大きいタカでしかなかったのに、とびさったほうに目をやると、小型飛《こがたひ》行機《こうき》くらいの大きさになっているではないか。

ところが、その巨大《きょだい》なタカは一度《ど》高くとびあがったかとおもうと、空中で一回転《かいてん》し、男のそばに墜落《ついらく》してしまった。そして、墜落《ついらく》すると同時にもとの大きさにもどった。

男はタカをだきあげると、

「な、な、なんということじゃ。夜叉丸《やしゃまる》、そちのかたきはとってつかわすぞ!」

といってから、ぼくにむかっていいはなった。

「そちの燕火放炎《えんかほうえん》を余《よ》にむかってやってみるがよい!」

ぼくは足もとにいたシロガネ丸《まる》に小声でたずねた。

「どうする?」

「威力《いりょく》を弱くし、あいつにぶつけないようにして、一回だけやってみろ。」

シロガネ丸《まる》がそういうので、ぼくはいわれたとおり、軽《かる》く右手をあげ、てのひらを連続《れんぞく》して、じゃんけんのグー、チョキ、パーにしながら、

「燕火放炎具有左曲波《えんかほうえんぐうさきょくぱ》……。」

と、あまり大きな声にならないようにして、いった。

ぼくの右手から小さなツバメの形をした火の玉がとんでいき、左にまがっ

ていく。もちろん、あいてにあてないために左にまげたのだ。すると、男は、まがっていく火の玉にわざとぶつかるようにして、ひょいとはねた。

火の玉が男の着物《きもの》のたもとをかすった。火の力は弱くしてあるから、もちろん、火が着物《きもの》にもえうつることはない。

ところが、男は、

「おおおおおおーっ！」

とおおげさに声をあげて、その場にたおれた。そのとき、タカをおとしたが、それはおとすというより、そっと地面《じめん》にねかせたというふうだった。

ぼくとシロガネ丸《まる》が顔を見合わせていると、男はうめいた。

「うむむむむ。残念無念《ざんねんむねん》。負《ま》けじゃーっ。かくなるうえは、約束《やくそく》どおり、瀬戸内妖怪島《せとうちようかいとう》にひっこ

してやるから、そう思えーっ！」

ぼくはシロガネ丸《まる》にいった。

「やっぱりね……。瀬戸内妖怪島《せとうちようかいとう》のこと、知ってるんだよ。」

シロガネ丸《まる》はそっぽをむいてうなずいた。

そのようすを見て、男はいった。

「何をしておる。早く、余《よ》をとらえ、そちの封怪函《ふうかいかん》に、余《よ》と余《よ》のタカ、夜叉《やしゃ》丸《まる》をとじこめるのじゃーっ！」

そこで、ぼくはたおれている男にいった。

「つまり、瀬戸内妖怪島《せとうちようかいとう》に住《す》みたいんですね。まあ、いいですけど、瀬戸内《せとうち》妖怪島《ようかいとう》はテーマパークになるんです。そうしたら、あなたはどんなことをして、手つだってくれるんですか。」

すると、とつぜん、男の首が胴体《どうたい》からはなれた。いや、はなれたのではない。首がのびたのだ。

みるみるうちに首は三メートルくらいのびた。

高いところで声がした。

「こうして、お客《きゃく》を歓迎《かんげい》するのじゃ！」

ぼくは首を見あげて、たずねた。

「それの、どこが歓迎《かんげい》なんです？」

「わからんか？　こうすれば、首を長くしてまっていたということになるであろうが……。」

それを見て、シロガネ丸《まる》はつぶやいた。

「なるほどね……。」

態度《たいど》は大きいけれど、そんなに悪《わる》いやつではなさそうなので、ぼくはポケットから封怪函《ふうかいかん》をとりだし、大声でさけんだ。

「封怪函《ふうかいかん》、首長殿様《くびながとのさま》、夜叉丸収函《やしゃまるしゅうかん》！」

　ぼくは波倉《なみくら》会長に電話して、その夜のうちにゴルフ場《じょう》にヘリコプターをよんでもらった。そして、首長殿様《くびながとのさま》と夜叉《やしゃ》丸《まる》を瀬戸内妖怪島《せとうちようかいとう》につれていったが、あとで、妖怪《ようかい》フクロウの金剛丸《こんごうまる》にきいたところによると、化《ば》けタカ夜叉丸《やしゃまる》と金剛丸《こんごうまる》はむかしからのともだちで、首《くび》長殿様《ながとのさま》は、飼《か》っている夜叉丸《やしゃまる》から瀬戸内妖怪島《せとうちようかいとう》のことを知り、そういう島《しま》があるなら、ぜひひっこしたいと思ったとのことだ。それで、東神《とうじん》グループのゴルフ場《じょう》にあらわれ、ぼくに戦《たたか》いをいどんで、わざと負《ま》けたということのようだった。

　妖怪《ようかい》の中には、てまひまのかかるものもいるということだ。首長殿様《くびながとのさま》と夜叉丸《やしゃまる》は、歓迎《かんげい》係《がかり》として、港《みなと》近くに住《す》むことになるだろう。

盆《ぼん》おどり太鼓丸《たいこまる》

ぼくは、神戸《こうべ》におじいさんがいる。夏休み、ぼくはシロガネ丸《まる》とふたりで、神戸《こうべ》のおじいさんのうちにあそびにいった。それはお盆《ぼん》の一週間くらいまえで、あちらこちらで、盆《ぼん》おどりがおこなわれていた。ところが、神戸《こうべ》のとなりの尼崎市《あまがさきし》で、おかしなことがおきているといううわさを、ぼくのおじいさんがどこからかきいてきたのだ。

盆《ぼん》おどりがはじまると、見物人《けんぶつにん》がひとりもいなくなるというのだ。いや、見物人《けんぶつにん》が消《き》えてしまうというのではない。盆《ぼん》おどりを見ていると、べつにおどる気もないのに、しぜんにからだが動《うご》き、おどりに参加《さんか》してしまうというのだ。しかし、ひとおどりすると、とても気分がよくなり、曲《きょく》がかわったときには、こんどは自分からすすんで、おどりにくわわるという。だから、いつでも見物人《けんぶつにん》はゼロということになる。

おじいさんがそんなことをぼくに話しているあいだ、シロガネ丸《まる》はだまって、きき耳を立てていた。だが、ぼくとふたりだけになると、こんなふうにいった。

「そいつは、盆《ぼん》おどり太鼓丸《たいこまる》だ。陽気《ようき》な妖怪《ようかい》だから、ちょっと出かけていって、瀬戸内妖怪島《せとうちようかいとう》にきてもらえないか、きいてみよう。盆《ぼん》おどりのシーズンはいそがしいだろうが、それ以外《いがい》はひまだろう。瀬戸内妖怪島《せとうちようかいとう》にくる客《きゃく》だって、妖怪見物《ようかいけんぶつ》だけじゃなく、妖怪《ようかい》の妖力《ようりょく》にかかって、陽気《ようき》におどってみるのも悪《わる》くないんじゃないか。」

そんなわけで、ぼくはその日の尼崎《あまがさき》の盆《ぼん》おどりがどこでひらかれるか、おじいさんにしらべてもらい、シロガネ丸《まる》と電車ででかけていった。もちろん、電車に乗《の》るときは、シロガネ丸《まる》は封怪函《ふうかいかん》の中だ。

それは、商店街主催《しょうてんがいしゅさい》の盆《ぼん》おどり大会で、ある広場でおこなわれていた。

ドドンガドンガラ、ドドンガドン！

たしかに見物人《けんぶつにん》はひとりもおらず、みんな輪《わ》になって、おどりまくっている。

やぐらの屋根《やね》の上に、大きな太鼓《たいこ》があり、人もいないのに、バチが二本、空中を舞《ま》うようにして、太鼓《たいこ》をたたいている。

屋根《やね》の下、やぐらのぶたいにも、太鼓《たいこ》はふたつあるが、そちらはふつうの太鼓《たいこ》で、わかい男女のカップルがたたいている。だから、よくきくと、やぐらの屋根《やね》の上と、屋根《やね》の下、二か所《しょ》から音がひびいてきている。屋根《やね》の上のほうが、下のふたつより迫力《はくりょく》がはるかにある。

ぼくが屋根《やね》の上を見あげて、シロガネ丸《まる》に、

「あいつだね。だけど、みんな、気がつかないのかなあ……。」

というと、シロガネ丸《まる》は満足《まんぞく》そうにうなずいて、答えた。

「おまえ、だんだん一人前の陰陽師《おんみょうじ》になってきたな。あれは、ふつうの人間には、すがたが見えないのだ。音のほうは、ほかのふたつの太鼓《たいこ》の音にまじってしまい、屋根《やね》の上からもきこえているというのがわからないのだ。それに、おまえ、おどりだしていないな。つまり、おまえには、盆《ぼん》おどり太鼓《たいこ》丸《まる》の妖力《ようりょく》がつうじないのだ。」

盆《ぼん》おどりがおわり、人々がかえってしまうと、盆《ぼん》おどり太鼓《たいこ》丸《まる》はやぐらの屋根《やね》から地面《じめん》にとびおりた。

ぼくは拍手《はくしゅ》をしながら、盆《ぼん》おどり太鼓《たいこ》丸《まる》に声をかけた。

「なかなかすてきなバチさばきでしたよ！」

盆《ぼん》おどり太鼓《たいこ》丸《まる》は一メートルくらいの高さのところで、宙《ちゅう》にうき、からだ

を左右にふりながら、ぼくのそばにやってきて、こういった。

「こっちをじろじろ見てたから、ひょっとしてと思ってたら、やっぱりおれのこと、見えてたのか。となると、おまえ、陰陽師《おんみょうじ》か？　陰陽《おんみょう》師《じ》なんて、今どき、めずらしいなあ。」

ぼくは自己紹介《じこしょうかい》をし、瀬戸内妖怪島《せとうちようかいとう》のことを話した。そして、こう提案《ていあん》した。

「盆《ぼん》おどりのシーズンでないときだけでいいですから、その島《しま》にきてくれませんか。そこで、お客《きゃく》さんたちに、盆《ぼん》おどりをおどってもらうんですよ。」

すると、盆《ぼん》おどり太鼓丸《たいこまる》は残念《ざんねん》そうに答えた。

「おいらも、一年中、盆《ぼん》おどりの太鼓《たいこ》をならしていたいんだけどよ。盆《ぼん》おどりっていうのは、お盆《ぼん》のときにするから、盆《ぼん》おどりっていうんだ。だから、お盆《ぼん》と関係《かんけい》ないのに、盆《ぼん》おどりの太鼓《たいこ》は打《う》てないよ。」

そういわれて、ひきさがるようでは、一人前の陰陽師《おんみょうじ》にはなれない。

とっさにぼくは名案《めいあん》がひらめき、まず、

「じゃあ、お盆《ぼん》に関係《かんけい》があれば、いいんですね。」

といい、盆《ぼん》おどり太鼓丸《たいこまる》がからだをかたむけてうなずいたのをたしかめてから、いった。

「お客《きゃく》さんたちにお盆《ぼん》をくばり、それをもっておどってもらえば、お盆《ぼん》のシーズンじゃなくても、盆《ぼん》おどりってことになります。それでどうですか？」

これには盆《ぼん》おどり太鼓丸《たいこまる》も、ぐっとことばをつまらせ、やがて、

「まあ、そういうことなら、やってもいいかなあ……。」

といったが、どちらかというと、おどりの太鼓《たいこ》をならす口実《こうじつ》ができて、うれ

しそうだった。
　ぼくは、盆《ぼん》おどり太鼓丸《たいこまる》が、一年のうち、七月のなかばから八月のなかばまでをはずした十一か月、瀬戸内妖怪島《せとうちようかいとう》にきてくれることになったことを波倉《なみくら》会長に電話で知らせた。
「では、さっそく、妖怪島《ようかいとう》のヘリポートの近くに、盆《ぼん》おどり場《じょう》をつくろう。ありがとう、ヒカル君。その盆《ぼん》おどり太鼓丸《たいこまる》という妖怪《ようかい》に、よろしくつたえてくれたまえ。それから、シロガネ丸《まる》にも。」
　波倉《なみくら》会長は、よろこんでそういっていた。

これからのこと

もうすぐ、瀬戸内妖怪島《せとうちようかいとう》の島びらきで、陰陽師《おんみょうじ》としてのぼくのしごとも、これでひとだんらくだと思っていたら、波倉《なみくら》会長からこんな手紙がきた。

まもなく、瀬戸内妖怪島《せとうちようかいとう》の島びらきです。ここまでこられたのも、ヒカル君、ひとえにきみとシロガネ丸《まる》のおかげです。どうもありがとうございます。

ところが、解決《かいけつ》しなければならない問題《もんだい》がまだふたつあります。ひとつは、本州《ほんしゅう》、四国《しこく》と瀬戸内妖怪島《せとうちようかいとう》間を往復《おうふく》する幽霊船《ゆうれいせん》が、瀬戸内太郎丸《せとうちたろうまる》一そうではたりないということです。それからもうひとつ、いずれ、島にホテルを二、三おきたいので、ほんものの幽霊《ゆうれい》やしきが必要《ひつよう》なのです。なんといっても、瀬戸内妖怪島《せとうちようかいとう》はほんものの志向《しこう》ですから。

幽霊船《ゆうれいせん》と幽霊《ゆうれい》やしきはアメリカとヨーロッパが本場だと思われます。ですから、これからは、国内だけではなく、海外にもいってもらうことになります。もちろん、瀬戸内妖怪島《せとうちようかいとう》の妖怪《ようかい》たちの数も、まだじゅうぶんではありません。幽霊船《ゆうれいせん》、幽霊《ゆうれい》やしき以外《いがい》にも、国内国外、洋《よう》の東西をとわず、きみにはまだまだ妖怪《ようかい》をあつめていただかねばなりません。なにとぞ、よろしく。

波倉　四郎

そういうわけで、瀬戸内妖怪島《せとうちようかいとう》のための、
ぼくの陰陽師《おんみょうじ》としてのしごとは
まだおわらないようなのだ。

瀬《せ》戸《と》内《うち》妖《よう》怪《かい》島《とう》
七里《しちり》わらぐつ
階段《かいだん》でくたびれた
お客《きゃく》さんを上まで
はこぶ。
戦国荒武者幽霊《せんごくあらむしゃゆうれい》
島中《しまじゅう》をさまよいあるき、
お客《きゃく》さんをおどかす。
河童《かっぱ》
池からあらわれ、
お客《きゃく》さんを
おどかす。
すもうもする。
百目《ひゃくめ》
監視《かんし》カメラの
役目《やくめ》をする。
さとり
人の考えを読んで、
テーマパークの
警備《けいび》をする。
くんでの
ポンプ井戸《いど》
お客《きゃく》さんの
飲《の》み物係《ものがかり》。
幽霊船《ゆうれいせん》
テーマパークへ
お客《きゃく》さんをはこぶ。
盆《ぼん》おどり太鼓丸《たいこまる》
お盆以外《ぼんいがい》の時期《じき》に、
お盆《ぼん》をもった
お客《きゃく》さんをたのしく
おどらせる。
首長殿様《くびながとのさま》
お客《きゃく》さんの
歓迎係《かんげいがかり》。
化《ば》けタカ夜叉丸《やしゃまる》
お客《きゃく》さんの歓迎係《かんげいがかり》と、
妖怪《ようかい》たちのれんらく係《がかり》。

北
西
東
南
さくら姫《ひめ》
島のどこからでも
見える山の
てっぺんを
美しくかざる。
雷電《らいでん》竜王《りゅうおう》
さくら姫《ひめ》と
いっしょに、夜
パレードをする。
赤目《あかめ》長耳《ながみみ》
寒《さむ》くなったお客《きゃく》さんを
耳でくるんで
あたためる。
妖怪《ようかい》フクロウ
金剛丸《こんごうまる》
島でまよったお客《きゃく》さんを
みつけて案内《あんない》する。

著者紹介　**斉藤　洋**（さいとう　ひろし）
1952年、東京に生まれる。現在、亜細亜大学教授。『ルドルフとイッパイアッテナ』（講談社）で第27回講談社児童文学新人賞受賞。『ルドルフともだちひとりだち』（講談社）で第26回野間児童文芸新人賞受賞。路傍の石幼少年文学賞受賞。『ベンガル虎の少年は……』「なん者・にん者・ぬん者」シリーズ、「ナツカのおばけ事件簿」シリーズ（以上あかね書房）など作品多数。

画家紹介　**大沢幸子**（おおさわ　さちこ）
1961年、東京に生まれる。東京デザイナー学院卒業。児童書の挿絵の作品に「なん者・にん者・ぬん者」シリーズ（あかね書房）、『おむすびころころ　かさじぞうほか』（講談社）、『まんてん小がっこうのびっくり月ようび』（ＰＨＰ研究所）、絵本の作品に『びっくりおばけばこ』（ポプラ社）、旅行記に『モロッコ旅絵日記　フェズのらくだ男』（講談社）などがある。

妖怪ハンター・ヒカル・5

決戦！ 妖怪島

発行　2008年３月　初版発行
　　　2011年10月　第２刷
著者　斉藤 洋
画家　大沢幸子
発行者　岡本雅晴
発行所　株式会社あかね書房
　　　東京都千代田区西神田3-2-1 〒101-0065
　　　電話 03-3263-0641(営業)　03-3263-0644(編集)
印刷所　錦明印刷株式会社
製本所　株式会社難波製本

NDC 913　99p　22cm
ISBN 978-4-251-04245-3

※「首長殿様」は岸本昌大さん（大阪府）、「盆おどり太鼓丸」は杉山有さん（兵庫県）の「妖怪大募集」最優秀作品です。